아이들과 떠나는
최소 비용 세계 여행 프로젝트

60일의 지구 여행

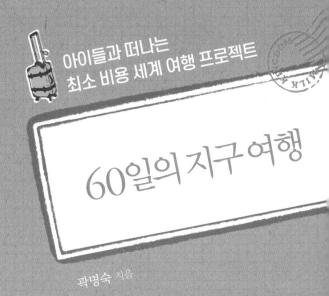

아이들과 떠나는
최소 비용 세계 여행 프로젝트

60일의 지구 여행

곽명숙 지음

아라크네

prologue

모든 것이 시작된
2016년의 겨울밤

2016년의 어느 겨울밤, 연애 기간까지 무려 16년을 함께한 우리 부부는 새벽까지 대화를 나누며 10년의 결혼 생활을 돌이봤다. 아무것노 없이 시작했던 10년 전에는 상상도 못 했던 현실을 살고 있었다. 남편은 꿈꾸던 일을 직업으로 가졌고, 나는 어설픈 모습을 찾아보기 어려울 만큼 능숙한 살림꾼이 되었다. 아이들도 착하고 바르게 잘 크고 있었다. 하지만 40대를 바라보는 남편의 눈빛이 종종 흔들렸다. 큰 문제 없이 반복되는 하루하루는 안정적이었지만, 설렘과 기대가 없는 일상이기도 했다. 지친 일상에는 삶의 활력소가 될 만한 사건이 필요했다.

"앞으로 10년을 살만한 포인트가 있었으면 좋겠어."

"여행을 가 볼까?"

그때까지 나는 세계 여행에 대해 생각해 본 적이 없었다. 단순하게 앞으로의 10년에 대한 워밍업을 준비하며 가족이 함께 여행을 떠난다면 큰 의미가 있을 거라는 마음이었다. 하지만 막연히 떠올린 여행 계획은 어느덧 지구를 한 바퀴 돌아보는 것으로 점점 규모가 커졌다. 나는 다음 날 바로 은행으로 달려가 적금통장을 만들었다. 2017년 12월 29일이 만기인 1년짜리 자유

적금이었다. 커버에는 '세계 일주 2,000만 원 모으기'라고 써 놓았다. 떠날 수 있는 씨앗을 심은 것이다. 적금통장을 손에 쥔 나는 이미 여행 중이었다. 우리의 여행은 이렇게 시작되었다.

"파리 에펠탑 앞에서 세상에서 가장 맛있는 디저트를 먹고 싶어."

"나는 파브르의 생가에 가서 파브르가 생각을 할 때마다 맴돌았다는 책상 주변의 발자국을 보고 싶어요."

"파브르 생가가 생레옹이래. 아빠도 프랑스에서 자동차 여행을 하고 싶었어. 여기 자동차 타고 가자."

"사하라 사막도 가고 싶고, 갈릴레오 갈릴레이가 살았던 피렌체도 가고 싶어요. 피사의 사탑도 보고 싶고……."

"아빠는 애비 로드에 가서 비틀스처럼 사진을 찍고 싶어. 횡단보도에서 우리 네 명이."

"엄마는 우리 집에 왔던 외국인 친구들 나라에 가서 다시 만나고 싶어."

여행을 간다는 사실에 아이들은 마냥 들떴다. 파티시에가 꿈인 서현이는 에펠탑을 바라보며 디저트를 먹고 싶다는, 생각지도 못 했던 로맨틱한 희망 사항을 발표했다. 파브르가 그런 행동을 했다는 얘기는 주현이를 통해 처음 들었다. 하지만 설렘이 한차례 지나간 뒤에는 이런저런 걱정이 밀려왔다. 우리가 정말 떠날 수 있을까? 돈은 충분히 모을 수 있을까? 장기간의 여행은 처음인데 뭘 준비해야 하지? 그런 내게 서현이가 희망차게 말했다.

"엄마, 긍정적으로 생각하면 다 잘될 거야."

우리는 떠나기로 마음먹었지만 아무것도 아는 것이 없었다. 보통의 여행자들이 가지고 있는 기본적인 정보조차 알지 못했다. 일단 돈 모으는 것에 집중하면서 검색을 하고, 책을 읽고, 여행 프로그램을 찾아봤지만 가족끼리 떠나는 여행을 준비하는 데는 여전히 정보가 부족했다. 아이들과 함께 떠난 여행 책이 더러 있었지만 일을 그만두고 1~2년씩 떠나는 얘기는 우리의 계획과 맞지 않았다. 우리는 여행 후에도 현재의 생활을 그대로 이어 나갈 예정이었다. 직장을 그만두고 간다거나, 집을 팔고 가는 건 우리의 삶이 통째로 흔들리는 일이었다. 아이들의 학교와 여행 후의 일상을 생각하지 않고 떠나는 건 고려해 보지 않았다. 그 정도의 용기는 없었다. 단지 일상에 조금 더 생기를 주고 싶을 뿐이었다.

나는 일단 적금통장을 만들었을 때 생각한 것처럼 2,000만 원으로 여행을 완성하고 싶었다. 이 계획에 지인들은 반신반의했다. 호기심 반 걱정 반의 시선을 느끼며 나는 차근차근 우리의 여행을 기획해 나갔다. 어떤 사람들은 여행지에서 돈을 쓰지 않으면 느끼는 것이 없다고 했고, 반대로 2,000만 원이 큰돈이라고 생각하는 사람도 많았다. 나는 모든 의견에 동의한다. 모든 사람이 같은 생각을 할 수는 없다. 다만 각자 더 중요하다고 생각하는 가치에 따라 여행을 하면 된다. 그렇게 나는 약 1년 동안 알뜰하고 꽉찬 여행에 대해 고민했다. 최저가 항공권을 찾는 방법을 터득하고, 우리 집에 카우치서핑을 왔던 외국인 친구들에게 조언을 얻기도 했다.

나는 지극히 평범한 가정주부다. 아이들을 키우는 것 말고 오랫동안 매달려 본 일이 별로 없다. 스펙도 화려하지 않고 큰돈을 벌어 본 적도 없다. 하지만 이 여행을 준비하면서 나에게 몇 가지 재능이 있다는 걸 알았다. 평소에도 돈 모으는 걸 좋아하고 미니멀한 삶을 지향하는 나의 성향을 여행에 접목하자 불가능할 것 같던 2,000만 원의 세계 여행이 점점 현실로 다가왔다.

막상 여행을 떠나자 항공권 가격은 처음 봤던 것보다 올라가고 원하는 숙소 예약을 놓치기도 했다. 예정보다 많은 도시를 방문하게 되어 빠빠한 예산에서 자꾸 돈 쓸 일이 생겼다. 이왕 여행을 갔으니 가족들이 원하는 건 다 해주고 싶은 마음에 갈팡질팡하기도 했다. 하지만 무료로 할 수 있는 체험을 찾아다니고 저렴하지만 여유롭게 생활할 수 있는 방법을 생각해 냈다.

이렇게 여행 준비를 하면서, 그리고 직접 여행을 떠나고 난 후에 알게 된 많은 정보와 시행착오들을 나는 꽤 열심히 기록했다. 이 여행이 우리의 마지막 여행이 아니기 때문이었다. 그러다가 문득 나와 같은 결심을 한 여행 초보자들에게 이 지극히 사소하고 주관적인 정보들을 공유하고 싶다는 생각을 하게 됐다. 이게 책을 준비하게 된 계기이기도 하다.

하지만 여행과 마찬가지로 책에 대해서도 나는 아는 게 없었다. 대체 사람들은 어떻게 책을 내는 걸까? 그런데 '뜻이 있으면 길이 열린다'는 말이 사실이었는지 출간기획서를 보낸 출판사 중 한 곳에서 연락이 왔다. 내가 가지고 있는 책을 출간한 곳이기도 했다.

출판사로부터 여행을 다녀온 후 더 많은 이야기를 담아서 책을 내 보자는 얘기를 들었다. 그렇게 나는 여행을 준비하다가 졸지에 글을 쓰게 됐다. 인생의 터닝포인트를 만들고 싶어서 여행을 준비했는데, 정말 생각한 적도 없던 새로운 길이 열린 것이다. 그리고 이제 비로소 이 책을 통해 꼼꼼하게 기록해 온 것들을 전하고자 한다.

Contents
TRAVELER

Chapter1 최소 비용의 지구 여행 준비

대서양을 넘어서

최소 비용의
지구 여행 준비

우리 가족을
소개합니다

미니멀을 추구하는 엄마, 명숙

13년 차의 평범한 주부이자 초등학교 6학년 아들과 4학년 딸을 키우는 엄마다. 지친 남편을 응원하다가 졸지에 세계 여행을 떠나게 됐다. 게다가 그 이야기로 책까지 썼다. 이왕 떠나게 됐으니 우리 집에 머물렀던 외국인 친구들을 만나러 가고 싶다. 알뜰하지만 꽉 찬 여행을 위해 각 도시의 마트를 탐방하고 숙소를 내 집처럼 사용하며 음식을 해 먹기로 다짐했다.

Wish List 세계의 박물관 · 미술관 투어, 보고 싶었던 친구들 만나기!

파티시에를 꿈꾸는 딸, 서현

"파리에서 에펠탑을 보며 세상에서 가장 맛있는 디저트를 먹고 싶어!"라는 구체적이고 로맨틱한 바람으로 엄마 · 아빠를 깜짝 놀라게 한 야무진 딸이다. 카스텔라를 만들기 위해 한 시간 동안 머랭을 치고, 혼자 비스킷을 구우며 디저트에 대한 아이디어를 공책에 빼곡히 그려 두는 신기한 아이. 이번 여행에서 가장 많은 것을 보고 느낄 듯하다.

Wish List 에펠탑을 보며 디저트 먹기, 여행 중 디저트 만들기!

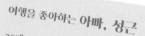

여행을 좋아하는 아빠, 성근

20대 초반에 뉴질랜드로 배낭여행을 떠났다. 그때의 기억과 경험을 바탕으로 지금껏 열심히 살았다. 40대가 되기 전에 가족과 배낭여행을 떠난다면 앞으로의 10년을 구상하는 데 최고의 시작이 될 것 같다. 아내에게 런던의 애비 로드에서 비틀스처럼 사진을 찍고 싶다고 말했던 것이 세계 여행이 되어 돌아왔다. 특기를 살려 가족사진을 찍고 영상으로 기록하는 것이 이 여행의 목표다.

***

Wish List 애비 로드에서 비틀스처럼 걷기, 세계 곳곳에서 가족사진 찍기!!

역사와 과학에 빠진 아들, 주현

책을 좋아해서 집에 있는 책은 다 읽어 버리겠다는 나름의 목표를 가지고 있다. 새로운 책이 생기면 가장 먼저 손을 뻗는다. 그렇게 쉬운 책이든 어려운 책이든 닥치는 대로 읽다가 과학 분야의 책을 가장 좋아하게 됐다. 이번 여행에서 가장 해 보고 싶은 일은 평소 책에서 봤던 발명품이나 과학자의 흔적을 직접 눈으로 보는 것이다.

***

Wish List 과학의 원리와 흔적 찾기, 사하라 사막 투어!

여행 경비 2,000만 원에 도전하다

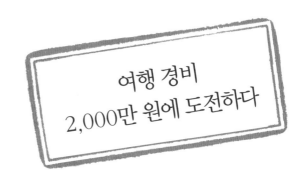

여행 경비
2,000만 원에 도전하다

한 달에
200만 원을 모으자

떠나기로 결심했지만, 언제 떠나야 하는지가 고민이었다. 아이들과 함께 가야 하기 때문에 방학을 활용해야 했다. 하지만 여름방학은 성수기라 모든 게 비쌌다. 여름까지는 여행 자금을 모으는 일도 힘들었다. 그래서 우리는 겨울방학에 떠나기로 했다.

여행 설계의 기준은 돈이었다. 우리 가족에게 중요한 전환점이 될 여행이지만, 모아 둔 돈을 쓰면서 여행하는 건 내키지 않았다. 그래서 1년 정도 시간을 두고 돈을 모으기로 했다. 여행에 대한 기대로 한껏 부풀어 한 달에 200만 원쯤은 거뜬히 모을 수 있을 것 같았다. 2,000만 원이면 세계 여행쯤은 문제없지 않을까?

막상 정하고 나니 겨울에 떠나는 것에는 많은 장점이 있었다. 여름방학은 한 달이지만 겨울방학은 봄방학 기간까지 포함하면 거의 두 달 가까이 시간을 낼 수 있다. 학교생활에 지장을 받지 않고 여행을 떠날 수 있는 것이다. 남편의 일도 겨울이 비수기라 일정을 빼는 데 부담이 적었다.

1년 동안의 생활을 여행 준비에 맞추다 보니 지난 몇 년간 엄청난 업무 스트레스를 받던 남편도 한결 수월하게 프로젝트를 진행했다. 아이들은 미켈란젤로나 스페인에 관련된 책을 읽을 때면 직접 가 볼 곳이라 생각하며 집중했다. 아이들에게 여행을 가서는 지하철 노선도 묻고 여행지도 찾아야 한다고 설명하면 현실적으로 필요하다고 생각되는지 영어 공부도 열심이었다.

　나는 한 달에 200만 원의 적금을 들기 위해 먼저 공과금 줄이기에 돌입했다. 최대한 미니멀하게 생활하면서 생활비도 줄여 나갔다. '여행'이라는 공동의 목표가 생기자 가족 모두 협조했다. 여름휴가를 가지 않고 가까운 곳으로 물놀이만 다녀도 모두 만족했다. 그렇게 여름휴가 비용도 여행 경비에 포함할 수 있었다. 하지만 한 달에 200만 원을 모으기 위해서는 수입이 더 필요했다. 남편은 하고 있는 방송 관련 일을 추가로 더 했고, 나는 주말에 웨딩 비디오 촬영 아르바이트를 시작했다. 빠듯하게나마 매달 200만 원이 모였다.

꿈과 현실, 선택과 집중

　　　　　　　　여행지에 대해 생각할수록 꿈은 점점 커졌다. 터키에서는 열기구를 타고 싶었고, 뉴욕에서는 헬기를 타면 좋을 것 같았다. 가고 싶은 나라와 하고 싶은 일을 모두 적고 예산을 짜 보았다. 그랬더니 3,000만 원을 훌쩍 넘어 4,000만 원에 가까운 돈이 필요했다. 소심한 내 심장이 콩닥콩닥 뛸 정도의 액수였다. 두 달에 4,000만 원을 쓰는 건

내 기준에서 제정신이 아닌 일이었다. 다녀와서는 어떻게 살려고?

예산을 보고 충격을 받은 건 남편도 마찬가지였다. 결국 과감한 결단이 필요했다. 나는 평소 생활 습관처럼 여행도 미니멀로 떠나기로 했다. 반드시 하고 싶은 것 한 가지를 남기고 나머지는 상황에 맞춰 유동적으로 즐기기로 했다. 법정 스님도 말하지 않았던가! "텅 빈 상태에서 충만감을 느끼는 것"에 대해서 말이다. 빡빡한 계획에 쫓겨 다니지 말고 적은 일정으로 홀가분하게 여행을 하자.

하지만 떠나기로 결심하고 6개월이 지나도록 2,000만 원을 모아야 한다는 생각에서 더 나아가지 못했다. 그 이하의 금액으로 4인 가족이 세계 여행을 한다는 건 무리였고, 그 이상은 부담이 컸다. 마음만 초조하고 여전히 안개 속에 있는 느낌이었다. 그러던 중에 카우치서핑^{Couch Surfing}으로 커플 게스트가 우리 집에 오게 됐다.

패트리샤와 아담은 6개월째 아시아를 여행 중이었다. 두 사람은 세계 여행을 떠난다는 우리 가족의 얘기를 듣고 항공권을 찾는 방법부터 배낭을 어디서 사면 좋은지까지 흔쾌히 알려 줬다. 패트리샤는 마지막 날 자신의 배낭을 직접 열어 보여 주기도 했다. '이게 여행자의 가방이구나!' 싶었다.

두 사람을 통해 뭘 어떻게 준비해야 하는지 조금 알게 됐다. 둘은 돈을 들이지 않고 여행하는 노하우를 많이 알고 있었다. 2,000만 원 내에서 여행하겠다는 목표를 가지고 있는 내게 두 사람은 움직이는 교과서였다.

나는 먼저 경비가 많이 드는 항공권 〉숙박 〉체류 경비 순으로 예산을 짰다. 그리고 가족별로 가장 원하는 여행지를 정했다. 가장 원하는 체험도 딱 하나씩만 정해 두기로 했다. 하고 싶은 체험을 모두 하는 것은 돈의 문제도 있지만, 시간과 체력을 안배하는 일도 쉽지 않을 것으로 생각했다. 그렇게 선

예상 일정 및 예상 경비

베트남 호찌민(5박) : 60만 원

캄보디아(2박) : 20만 원

싱가포르(2박) : 44만 원

그리스 아테네(7박) : 119만 원

이탈리아 로마(2박) : 40만 원

이탈리아 피렌체(5박) : 85만 원

영국 런던(2박) : 60만 원

프랑스 파리(2박) : 60만 원

프랑스 남부 자동차 여행(5박) : 100만 원

스페인 마드리드(7박) : 119만 원

모로코(4박) : 50만 원

미국 뉴욕, 워싱턴, LA(7박) : 231만 원

미국 하와이(3박) : 100만 원

항공권 : 250만 원×4인 = 1,000만 원

액티비티 : 100만 원×3회 = 300만 원

비상금 : 200만 원

총액 : 2,588만 원

60일의 지구 여행

택과 집중을 통해 일정을 다시 짜고 금액을 뽑아 봤다.

우리는 먼저 각자의 버킷리스트를 이룰 수 있는 여행지를 골랐다. 나는 카우치서핑으로 친구가 된 이들을 만나러 가고 싶었다. 그렇게 터키와 미국이 선정됐다. 비틀스를 좋아하는 남편은 영국을 선택했다. 주현이는 자연사 박물관이 있는 미국 워싱턴을, 서현이는 에펠탑을 보며 디저트를 먹고 싶다면서 파리를 골랐다. 여기에 패트리샤에게 추천받은 모로코 사하라 사막 투어가 더해졌다. 그 외에는 항공권과 숙박비가 저렴한 도시 위주로 검색을 했다.

하지만 여전히 목표 금액인 2,000만 원을 초과했다. 결국 비용이 많이 드는 하와이를 제외했다. 여행 날짜가 다가올수록 동남아시아 항공권 가격이 올라가 계획은 다시 수정됐다. 중국을 경유해 바로 그리스에 가기로 했다. '아쉽다면 다음에 또 떠나면 된다'는 마음으로 일정을 조정했다. 일정을 가지치기하니 이동 시간이 많이 줄었다. 당연히 여행 경비도 줄었다.

도시마다 무엇을 할지 한두 가지만 정하고, 소소한 것들은 여행을 하면서 채워 나가기로 했다. 항공권이나 가족들의 컨디션에 따라 일정이 달라질 수도 있다는 걸 염두에 두었다. 현지 마트에서 음식 재료를 구매해 직접 요리해 먹는 것으로 식비를 절약하고, 관광지 근처로 숙소를 잡아 교통비를 아끼기로 했다. 무료로 즐길 수 있는 관광지를 찾아 두고, 숙소 근처를 산책하며 현지인처럼 지내보기로 했다. 이러다 정말 2,000만 원으로 가능하겠는데 싶었다.

결과적으로 아시아 일정이 짧아져 유럽에 오래 머물 수 있었다. 하지만 저렴한 여행지로 알고 있었던 피렌체의 숙박비가 발목을 잡아 항공권이 저렴한 프라하로 변경했다. 프랑스 남부 자동차 여행은 피로감이 높을 것 같아 다음으로 미뤘다. 대신 버스를 타고 근교를 여행하기로 했다. 계획을 수정하다 보니 예상외로 미국에 머무는 시간이 길어졌다. 돌아오는 길에는 한국으로 바로 들어오기 아쉬워 대만을 경유하는 항공권을 이용했다. 직항보다 저렴한 가격으로 여행지를 추가할 수 있었다.

여행지를 고르는 방법

여행하고 싶은 나라를 결정한 후 항공권을 검색하기 시작했나. 유럽 내에서는 가까운 곳이라고 해서 항공권이 저렴하지는 않다. 상황에 따라 가격 변동이 있기 때문에 유럽 내 이동은 자유롭게 하는 것이 좋다.

숙박비는 대도시일수록 비용이 올라가며, 소도시이거나 비수기일 경우 가격이 낮아진다. 니스와 마르세유는 겨울에도 따뜻한 여행을 할 수 있지만, 여름에는 숙박을 잡기 어렵고 가격도 천정부지로 솟는다. 런던이나 파리의 경우 여름 성수기에는 숙박비가 두 배 이상 오르기도 한다. 파리에는 몇 달씩 예약이 마감된 숙소도 흔하다. 같은 스페인이라도 마드리드는 숙박비가 저렴한 데 반해, 여행자들에게 인기가 높은 바르셀로나는 비싼 편이다. 조지아 같은 동유럽 국가들은 멋진 야경을 볼 수 있고 물가도 저렴하다. 여행지 근처의 숙박비도 저렴하다. 서유럽 위주의 비싼 여행을 하며 불친절과 소매치기에 스트레스를 받은 적이 있다면 한적한 동유럽으로 떠나보는 것도 색다른 재미가 있을 것이다.

베트남은 2만 5,000원짜리 에어비앤비부터 호텔까지 저렴하고 다양한 숙박 시설을 갖추고 있다. 게다가 미식의 천국이다. 숙소와 식비를 적절하게 조정하면 하루 5만 원으로도 맛집 투어가 가능하다. 한편, 살인적인 물가의 싱가포르 대신 자동차로 갈 수 있는 말레이시아를 선택하는 것도 좋은 대안이다. 말레이시아에서는 저렴한 가격으로 고급스러운 숙소를 예약할 수 있고 음  식도 훌륭하다. 싱가포르와 베트남의 중간에 위치한 말레이시아에 숙박하며 싱가포르를 짧은 일정으로 여행하는 것도 좋다. 하지만 동남아는 겨울이 성수기라 연말이 다가올수록 항공권, 숙박비 등 모든 것이 비싸진다.

여행지를 정할 때는 평균 기온을 확인하는 것도 중요하다. 스페인, 포르투갈은 2월에 가는 것이 좋고, 지중해 연안인 이탈리아와 그리스는 한겨울 추위가 적은 편이라 1월에 여행하는 것도 괜찮다. 런던과 파리도 1월까지는 추운 편이다.

영국이나 프랑스에서 유명 관광지 위주로 여행을 하면 경비가 많이 들 수밖에 없는데, 기본적으로 숙박비가 15만 원 이상으로 비싸고 외식 한 번이면 10만 원이 훌쩍 나가기도 한다. 게다가 관광지 입장료와 교통비도 비싸다. 이럴 때는 상대적으로 물가가 저렴한 동남아에서 경비를 줄이고 유럽으로 가는 것도 하나의 방법이다.

다양한 경험을 중요하게 생각하는 여행자들은 인도, 아프리카, 남미를 선호하기도 한다. 이집트의 다합Dahab과 인도는 '배낭여행자의 무덤'이라고 불릴 정도로 저렴해서 장기 여행에 적합하다. 하지만 우리는 아이들과 함께하는 여행이라 아프리카와 남미는 제외했다. 이집트는 저렴하지만 바가지가 심하고 관광객에게 불친절하며 일부러 잘못된 정보를 주는 경우가 많아 아이들을 데리고 여행하기엔 어렵다고 판단했다.

대신 우리는 체코 프라하에서 경비를 설삼했다. 프라하는 지안도 안전하

고 물가도 저렴한 데다 겨울이 비수기다. 그리스와 이탈리아도 저렴한 편이다. 반면, 스위스를 비롯한 북유럽 국가들은 비싼 물가 때문에 여행지에서 제외했다. 유럽의 마트 물가는 우리나라보다 저렴한 편이지만, 북유럽의 경우 추가되는 세금이 많아 비싸다.

만약 유럽 내의 작은 도시 중 공항이 도심과 가까운 곳이 있다면 그곳을 여행지에 추가하는 것도 좋다. 우리나라에서도 인천공

항에 도착해 서울 위주로 관광을 하는 것보다 광주나 대구에 도착해서 지방 위주로 관광을 하면 상대적으로 더 저렴하면서도 현지인들의 살아가는 모습을 가까이서 느낄 수 있는 것과 같은 이치다. 우리나라 검색 사이트에서는 잘 찾을 수 없는 숙소와 맛집 정보는 구글과 트립어드바이저를 통해 얼마든지 검색할 수 있다. 작은 도시를 여행하면 물가가 저렴해 숙박비나 식비를 줄일 수 있을 뿐만 아니라, 남들과는 다른 여행을 할 수 있다는 장점이 있다.

항공권 선택에 대한 모든 것

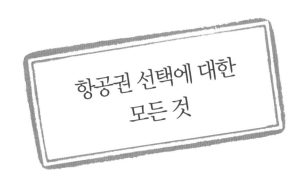

항공권 선택에 대한
모든 것

최저가 항공권을 찾아라

항공권을 검색하는 방법은 무한대다. 저가 항공이 늘어나면서 항공사들의 경쟁도 심해졌다. 그와 동시에 여행객들의 노하우도 발전하고 있다. 그렇기 때문에 정보가 많을수록 다양한 방법으로 저렴한 여행을 할 수 있다.

최저가 항공권 검색은 보통 '스카이스캐너' '카약' '구글플라이트'를 많이 이용한다. 항공권뿐 아니라 호텔과 렌터카까지 확인할 수 있어 편리하다. 그 외 국내 사이트로는 '인터파크 투어' '땡처리 닷컴' '네이버 항공권' 등이 있다.

참고로 저가 항공권의 경우 환불이 어려울 수 있으니 결제 전에 요금 규정을 꼭 확인해야 한다. 우리는 여행 전 가격을 미리 알아보고, 예매는 떠나기 직전에 했다.

결제 전 페이지까지 확인

유독 한 사이트에서만 가격이 저렴한 경우 실제로 예약하려고 들어가면 금액이 달라질 때가 있다. 기본 운임, 유류할증료, 제세공과금(공항세를 비롯한 TAX), 발권 대

스카이스캐너	가고 싶은 도시를 검색하고 필터를 조정하면 저렴한 날짜가 나온다. 직항/경유, 총 비행시간, 이륙 시간, 도착 시간, 특정 항공사, 특정 공항을 지정하면 원하는 항공권을 찾을 수 있다. 검색해서 달력을 보면 초록 > 노랑 > 빨강 순으로 저렴하다. 5개 노선 최저가가 나오면 직항 위주로 검색하고 기준 가격으로 기억한다. 여행 날짜가 정해졌을 땐 'everywhere(모든 도시)'를 검색한다. 여행지를 지정하지 않아도 주요 여행지의 최저가가 나온다. 어디로 떠날지 정해지지 않았을 때 좋은 방법이다. 여행 날짜를 조정할 수 있다면 다음 2주, 4주, 3달 등 가장 저렴한 항공권이 있는 날짜를 선택할 수 있다. 달력과 차트 기능을 이용하면 근처 날짜의 항공권 가격을 알 수 있다. 주말, 3~5일, 5~7일 일정 항공권도 찾을 수 있다. 직항/모든 항공권을 클릭하면 기간별로 저렴한 항공권을 알 수 있다. 그래도 더 저렴한 항공권을 찾고 싶다면 종 모양을 클릭해 '항공권 가격 변동 알림' 기능을 이용한다. 가격이 달라지면 알림이 온다. 환율차가 커질 때 유용하다.
카약	최저가 > 가성비 > 최단 시간 > 이른 순으로 항공권을 검색할 수 있다. 다구간 항공권에 유리하다.
구글 플라이트	출발지만 선택하고 목적지는 다양하게 살펴볼 수 있다. 달력에 가격이 표시되어 쉽게 최저가를 확인할 수 있다. 스카이스캐너와 비슷한 시스템이다.

행 수수료 중 TAX는 대부분 지불해야 한다. 이 금액까지 포함해서 최저가인지 알아보려면 결제 전 페이지까지 검색해 봐야 한다. 막상 결제하려고 하면 최저가보다 가격이 올라가거나 아예 상품이 없어지는 경우도 있다.

대륙별 최저가 항공사

대륙별로 움직이는 최저가 항공사가 있다. 동남아를 예로 들면, 에어아시아(말레이시아 저가항공), 비엣젯항공(베트남 저가항공) 등이 있다. 항공사 홈페이지에 들어가서 일주일 중 가장 저렴한 날을 검색해 보는 게 좋다. 하지만 프로모션 가격이 저렴한 에어아시아 항공권은 품절인 경우가 많아 오히려 찾기 어려울 수 있다. 그래서 우리는 비엣젯항공 위주로 알아봤다. 종종 항공권 비교 사이트에서 찾을 수 없는 최저가 항공권이 나오기도 한다. 스카이스캐너보다 싸면 그게 최저라고 생각하고 예매했다.

PC와 모바일 앱의 가격 차이

보통 세 개 이상의 사이트에서 가격 비교를 해 봐야 한다. 앱과 웹의 가격이 다르게 나오는 경우도 있기 때문에 앱에서 최저가를 찾았다면 웹으로 한 번 더 검색해 보는 것도 좋다. 어떤 경우에는 PC와 모바일에서의 가격이 다르기도 하다.

항공사 공식 홈페이지

최저가 항공권을 찾았다면 그 항공사 공식 홈페이지에서 한 번 더 검색해 본다. 프로모션을 한다든가 이벤트나 특가로 더 저렴한 경우가 있다. 또 공식 홈페이지에서 국가를 다양하게 선택해 보는 것도 좋다. 자국 사이트로 접속했을 때 더 저렴하거나 더 비싼 경우가 있다. 목적지인 국가로 홈페이지 설정을 바꾸면 프로모션이 더 잘 보이기도 한다. 예를 들어, 비엣젯항공 홈페이지(www.vietjetair.com)에서 언어 선택을 베트남어로 하거나, '.kr(코리아)'을 '.fr(프랑스)'로 변경해 검색하면 똑같은 항공편도 2~3만 원 저렴해지기도 한다.

날짜로 초저가 항공권 찾기

겨울방학에는 12월 28일 무렵의 항공권이 가장 저렴하다. 여행지에서 새해를 보내기 위해 연말이 되기 전 미리 떠나기 때문이다. 또 연휴를 보내고 복귀하는 이들 때문에 1월 8일까지 항공권 예약이 많고, 1월 9일부터 다시 저렴해진다. 그래서 12월 28일과 1월 9일 무렵에 핫딜이 많다. 이 두 날짜 근처를 공략하는 것도 방법이다.

얼리버드 항공권 이용하기

여행 계획을 미리 세워 두었다면 저렴한 얼리버드 항공권(보통 2개월 전 예약)도 유용하다. 아쉽게도 우리는 여행 일정이 미리 확정되지 않아 이용하지 않았다.

항공사의 비수기는 3월, 6월, 9월

휴가가 몰려 있는 여름과 연말연시 특수가 있는 12월 및 1월은 여행사의 성수기다. 반면, 학교가 개강하는 시기인 3월과 여름휴가 전후인 6월 및 9월은 비수기다. 따라서 학교와 관계없이 여행이 가능하다면 3월, 6월, 9월을 노리는 것도 좋다.

항공권이 가장 싼 요일은 일요일, 월요일, 화요일

세계 어디든 주말에 여행하는 항공권은 비싸다. 그러므로 날짜의 제약이 없다면 일 · 월 · 화요일의 항공권을 공략하는 게 좋다. 다만 숙박비도 금 · 토 · 일요일이 비싸기 때문에 숙박비와 항공권 가격을 비교해 봐야 한다.

경유, 다구간, 코드셰어로 여행하기

경유, 스톱오버로 여행하기

항공권 가격을 확인하고 요금 규정을 보면 경유를 허용하는 항공권이 있다. 예약 전 항공사에 문의하고 예약 후 미리 신청하면 된다. 예를 들어, 유럽으로 가는 에티하드항공을 이용하면 아랍에미리트 아부다비를 경유할 수 있고, 핀에어를 이용하면 핀란드 헬싱키를 경유할 수 있다. 여기에 스톱오버를 활용하면 비행 티켓 하나로 두 나라를 여행하는 셈이다. 다만 공항이 도심과 가까울 때 활용하는 것이 좋다. 싱가포르, 대만, 아부다비 등 경유 항공편이 많은 도시는 투어버스나 관광 프로그램, 관광지 할인 쿠폰, 무료 가이드 프로그램을 운영하는 경우도 많다.

다구간 이용하기

항공권 검색 엔진을 통해 원하는 나라를 거쳐 가는 다구간 항공권을 찾을 수 있다. 다구간을 잘 활용하면 두 나라 항공료를 더한 것보다 저렴하게 여행할 수도 있다.

경유하는 국적 항공기 저렴하게 타기

국적 항공기는 비행기도 큰 편이고 기내식도 포함되며 무료 수하물 기준도 넉넉하다. 하지만 자국민에게 더 비싼 경우도 있고, 경유 승객 유치를 위해 외국에서 이용할 때 더 저렴한 경우도 있다. 그러므로 국적기를 이용하고 싶다면 국내 출발이 아니라 홍콩, 대만, 일본 등 가까운 아시아 국가에서 출발하는 걸 검색해 보는 것도 방법이다. 특히 일본은 특가로 나오는 저가 항공권이 많기 때문에 일본 공항에서 출발해 인천공항을 경유하여 유럽 등으로 떠나는 항공편을 알아보는 것도 좋다.

코드셰어 이용하기

다양한 노선의 확보를 위해 하나의 항공편을 두 개의 항공사에서 판매하기도 한다. 우리가 이용한 귀국편도 대한항공과 중화항공이 코드셰어로 운행했다. 항공권은 두 항공사에서 판매하고 중화항공이 운행했다. 반대로 타 항공사에서 예약했지만 대한항공이나 아시아나항공이 운항하는 경우도 있으니 국적기를 이용하고 싶거나 좋은 항공편을 저렴하게 이용하고 싶다면 코드셰어를 확인해 본다.

국가 및 항공사별 특징을 알아 두자

중국 및 중동 항공사의 프로모션

중국 및 중동 항공사들은 저렴한 가격의 프로모션을 자주 진행한다. 특히 중동 항공사의 비행기는 상태가 양호하고 좌석 간격도 넓은 편인데, 불안한 중동 정세와 국제 유가의 영향으로 다양한 프로모션을 진행하고 있다.

우리가 이용했던 항공사 중 좋았던 곳은?
가장 서비스가 좋았던 건 터키항공이었다. 항공료가 다소 비싸긴 했지만 친절하고 키즈 키트도 나눠 줘서 아이들이 좋아했다. 에게안항공의 계열사인 올림픽항공도 아이들에게 스케치북과 미니 색연필을 제공했다. 유럽 저가항공 중에서는 이지젯이 만족도가 높았다. 역시 저가항공인 버진아메리카항공은 모니터 이용이 무료였다. 물과 탄산음료도 무료였으며 모니터를 통해 주문할 수 있다.

중국 무비자 환승 제도

중국의 주요 도시를 경유하는 외국인의 경우 비자 없이 144시간 및 72시간 무비자 환승 제도를 이용할 수 있다. 제3국으로 가는 항공권이 있는 한국, 미국, 일본, 싱가포르, 러시아, 영국 등 53개국 출신 외국인이 베이징, 톈진, 허베이성, 상하이, 장쑤성, 저장성, 선양, 다롄 지역과 푸젠성 샤먼, 산둥성 칭다오, 후베이성 우한, 쓰촨성 청두, 윈난성 쿤밍 지역 등을 경유할 때 144시간 무비자

 무료 호텔을 제공하는 중국 항공사

• **중국남방항공** '국제선 → 국제선' 또는 '국제선 → 국내선' 환승 시 대기 시간 8시간 이상 48시간 이하인 승객과 23:00 또는 그 이후에 도착 예정인 국내선에서 다음 날 06:00 또는 그 이후에 출발 예정인 다른 국내선으로 환승 시 대기 시간 24시간 이하인 승객에게 제공된다.

• **중국동방항공** 한국에서 발권된 781 STOCK에 한해 한국 첫 출발 동방항공·상해항공 탑승 시(해외 첫 출발 및 공동운항편 탑승 시 신청 불가) 혹은 상해·곤명 도착 기준 48시간 이내 연결편 탑승 시(당일 연결 시 신청 불가) 신청 가능하다.

• **중국국제항공공사(에어차이나)** 격일 환승(연결 비행기편 탑승일이 다를 경우)의 경우 국내선 간 환승은 환승 시간 6시간에서 24시간 사이, 국제선과 국내선 환승은 환승 시간 6시간에서 30시간 사이에 한해 제공한다. 당일 환승(연결 비행기편 탑승일이 같을 경우)의 경우 연결편 이전 비행기편의 환승 지역 도착 시간이 새벽 6시 이전이며 환승 시간이 6시간 이상일 경우 제공한다.

체류할 수 있다. 이 외의 도시(광저우, 선양, 시안, 다리엔, 구이린, 충칭, 하얼빈, 창사 등)에서는 72시간 환승이 가능하다. 다만, 정책에 따라 변경될 수 있으니 여행 전 확인은 필수다.

한편, 중국남방항공, 중국동방항공, 중국국제항공공사(에어차이나)의 경우 환승객에게 무료 호텔을 제공하기도 한다. 항공권 예약 후 홈페이지 및 전화로 신청 가능하다. 공항까지 가는 셔틀버스와 조식까지 무료로 운영하는 경우가 많다. 호텔 숙박이 부담스럽다면 공항 내 라운지를 무료로 이용할 수 있다. 이 또한 매년 조건이 달라지니 여행 전 확인은 필수다.

유럽에서는 남미로 가는 게 저렴하다

유럽에서는 미국보다 남미로 가는 항공권이 훨씬 저렴하다. 따라서 자유롭게 여행지 설정이 가능한 장기 여행자라면 유럽에서 남미로 여행 루트를 변경해 보는 것도 괜찮은 선택이다.

유럽 저가항공은 3만~5만 원으로 이용 가능

유럽 저가항공은 거미줄처럼 연결되어 있어 선택의 폭이 넓다. 서비스를 고려하

우리 가족이 실제로 지불한 유럽 저가항공 이용 요금!
- 마르세유 → 런던 : 17만 3,000원(1인 43,250원)
- 런던 → 니스 : 14만 3,678원(1인 약 35,920원)
- 니스 → 파리 : 14만 198원(1인 약 35,050원)

지 않고 이동 수단의 역할만을 원한다면 3만~5만 원 정도로도 이동 가능하다. 다만 무료 수하물의 기준이 낮아 수하물 요금이 추가될 수 있다. 기내식이 포함되지 않는 경우도 많다. 좌석 간격도 좁고 등받이도 고정되어 있는 편이다. 좌석을 선택하게 되면 추가 요금을 내야 하기 때문에 일행과 따로 앉을 수 있다는 점도 고려해야 한다. 또한, 도심 외곽에 있는 공항을 이용하는 경우가 많고, 출발 시간도 오전이 많아 공항까지 가는 거리와 시간을 잘 확인해야 한다.

유럽 저가항공 선호도

가장 저렴한 가격을 자랑하는 항공사는 라이언에어다. 하지만 신경 써야 할 부분이 많다. 항공권을 프린트하지 않으면 수수료를 매긴다거나, 수하물 추가 요금 등이 있다. 항공권을 예약할 때 미리 수하물을 추가해 두는 것이 좋은데, 공항에서 신청하면 항공권 가격보다 수하물 가격이 더 많이 들 수 있다. 특히 독일 등 몇 나라에서는 무게와 사이즈 모두 까다롭게 확인한다. 기내용 수하물도 일정 크기 이상이면 비행기 탑승 전 직원들이 수거해 따로 싣는 경우가 있다.

가성비 면에서는 이지젯이 훌륭하다. 이지젯은 저가항공이라는 생각이 들지 않을

TMI

도시 간 이동은 가격에 따라

대략의 일정만 짜고 그때그때 저렴한 항공권을 이용해 자유롭게 방문 순서를 바꾸는 것도 노하우다. 우리의 경우 계획상으로는 '영국 런던 → 프랑스 남부 → 프랑스 파리'로 이동하려고 했지만, 실제로는 저렴한 항공권에 따라 '프랑스 마르세유 → 영국 런던 → 프랑스 니스 → 프랑스 파리'로 이동했다. 더 많은 도시를 여행했지만 항공료는 저렴했다.

정도로 편안했다. 스페인을 여행할 때는 부엘링을 많이 이용한다. 하지만 저가항공은 항공권이 저렴할수록 취소가 어렵거나 수수료가 비쌀 수 있으니 주의해야 한다.

특가 항공권은 거리에 따라 항공료가 책정되지 않는다

유럽 여행은 도시 이동이 많다. 여행지를 찾을 때 근처 도시로 동선을 짜는 경우가 대부분인데, 최저가 항공권을 찾는다면 거리에 따라 항공료가 책정되지 않는다는 점을 알아 두는 것이 좋다. 더 먼 도시라도 특가 항공권이 나올 수 있고, 가까운 도시도 시기에 따라 항공권이 비싸다.

가격 다음으로 체크해야 할 것들

좌석 사이즈

항공권 검색 시 연착은 자주 하는지, 서비스는 어떠한지 등도 함께 알아보면 좋다. 특히 좌석 사이즈, 기내식 여부, 추가 수수료, 무료 수하물 기준 등은 꼭 확인해야 한다. 예를 들어, 노르웨이에어셔틀 같은 유럽 항공사의 비행기는 유럽인의 큰 체구에 맞게 좌석 사이즈가 커서 편하다. 좌석 사이즈는 스카이스캐너에서 확인 가능하다.

60일의 지구 여행

무료 수하물 기준

저가항공은 무료 수하물 중량을 적게 설정해 두고 추가 요금으로 수익을 창출하기도 한다. 그러므로 무료 수하물 기준을 초과할 것 같으면 예약 시 미리 수하물 중량을 추가해 두는 것이 좋다. 저가항공 중에는 발권 시 수하물을 추가하면 페널티를 붙여 요금을 올리는 항공사도 있기 때문이다.

기내 반입 가능 여부 확인

1인당 5개의 배터리는 기내 반입을 허용한다. 특히 휴대폰 배터리와 보조 배터리, 카메라 배터리는 꼭 가지고 타야 한다. 그 밖에 인화성 물질, 폭발물, 독성 물질 등은 기내 반입과 위탁 수하물 모두 금지이며, 창·도검류, 총기류, 스포츠 용품, 호신 용품, 공구류 등은 기내 반입은 금지지만 위탁 수하물은 가능하다. 화장품 같은 액체류는 용기당 100밀리리터 이하로 1인당 1리터 용량의 비닐 지퍼백 1개만 기내 반입이 가능하다. 개인용 의약품과 1개 이하의 라이터, 성냥도 기내 반입 가능하다.

좌석 지정

저가항공은 좌석 지정이 유료인 경우가 많은데, 아이들과 함께하는 가족 여행이라면 추가 비용을 내고 좌석 지정을 하는 게 좋다. 하지만 유럽 내 도시 간 이동은 한두 시간의 짧은 비행이기 때문에 굳이 좌석 지정을 하지 않아도 괜찮다. 좌석 지정을 하지 않을 경우, 가족을 배려해 좌석을 연결해 주는 일도 더러 있다. 혹시 가족 패키지가 있으면 저렴한 금액으로 좌석 지정을 할 수 있다.

유료 기내식

저가항공은 기내식도 유료인 경우가 많다. 도시 간 이동에서는 기내식이 나오는지, 유료라면 얼마인지 확인하는 게 유리하다. 3~6시간 정도는 기내식이 없어도 괜찮지만, 유럽에서 미국으로 넘어간다거나 미국에서 우리나라로 들어오는 경우 비행시간이 길기 때문에 기내식 포함 여부가 중요하다.

마일리지 카드는 먼저 만들자

마일리지 카드를 만들기 전 탑승한 항공권은 적립되지 않는다. 하지만 미리 마일리지 카드를 만들어 두면 누락된 경우에도 탑승 후 1년 이내에 적립할 수 있다. 우리나라 항공사의 마일리지 유효기간은 보통 10년이고, 마일리지로 이용할 수 있는 항공권은 좌석 수가 제한되어 있기 때문에 미리 예약하는 게 좋다. 대한항공은 스카이팀 제휴 항공사 19개, 아시아나항공은 스타얼라이언스 제휴 항공사 27개에서 적립이 가능하다. 또한, 가족 마일리지를 합산해 사용하면 소멸되는 것 없이 알뜰하게 쓸 수 있다.

출입국 심사 및 보안검색

입국 심사 시 휴대폰을 사용하는 것은 대체로 금지되어 있다. 가족 여행 중이라면 가족이 함께 심사를 받는 것이 유리하다. 이름을 부르며 얼굴을 확인하는 경우가 많고, 간혹 지문 인식을 하거나 사진을 찍는 경우도 있다. 아이들은 나라마다 정책이 다르지만, 대부분 간단한 질문으로 심사가 끝난다.

한편, 전 세계가 테러의 위험에 노출되어 보안검색이 강화되고 있다. 터키에서는 전신 스캐너를 통과했고, 미국에서는 국내선도 보안검색이 철저했다. EU 국가를 처음 입국하게 되면 보안검색을 진행하지만, EU 국가 간 이동 시에는 별도의 검색이 없는 경우가 많다.

텍스리펀 TAX Refund

매장에서 물건을 일정 금액 이상 구매한 경우 출국 시 부가세를 환급받을 수 있다. 현금이나 신용카드로 환급 가능하다. 현금은 약간의 수수료를 제하고, 신용카드는 2~3개월이 소요되기도 한다. 유럽의 경우 귀국 전 마지막 국가에서 다른 나라의 부가세도 함께 환급받을 수 있다.

 TIP 텍스리펀 방법

1 여권을 가지고 세금 환급 카운터에 가서 서류를 작성한다.
2 출국 시 공항 세관에 들러 환급 서류와 여권을 제시하고 확인받는다.
(세관과 환급 카운터가 분리되어 있는 나라도 있다.)

※ 구매한 면세품을 보여 줘야 하는 경우도 있으므로 수하물로 물건을 부치면 환급받지 못할 수 있다.

숙소 선택의 기준

숙소 선택의 기준

에어비앤비 vs. 호텔

우리는 에어비앤비와 호텔을 염두에 두고 숙소를 정했다. 게스트하우스는 보통 1인당 2만 원으로 4인 가족이면 총 8만 원의 경비가 드는데, 저렴한 에어비앤비도 8만 원이면 가능하기 때문에 우리 가족에게는 에어비앤비나 비슷한 가격의 호텔이 합리적이었다. 게다가 게스트하우스는 침구의 위생 상태가 좋지 않고, 주방과 화장실도 공용으로 사용해야 하는 경우가 많다.

도시마다 에어비앤비가 좋은 곳이 있고, 호텔에 묵는 게 더 좋은 곳이 있다. 따라서 새로운 도시를 방문할 때마다 두 곳을 비교해 보고 예약해야 한다. 우리는 '호텔스닷컴'과 '부킹닷컴' 두 사이트에서 호텔 시세를 확인한 후 에어비앤비와 비교했다. 그러나 유럽의 호텔들은 춥고 주방이 없는 경우가 많아 주로 에어비앤비 위주로 숙소를 선택했다.

게스트하우스, 도미토리, 백패커

4인실을 대여하면 가족끼리 사용할 수 있다. 간단한 조식을 제공하기도 하며, 리셉션에서 추천 관광지, 현지 맛집, 교통 정보 등을 얻을 수 있다. 다양한 사람들과 교류할 수 있다는 것도 장점이다. 그러나 침구 상태가 양호하지 않은 경우가 많고, 욕실이나 주방을 공동으로 사용해 아이들과 함께하는 여행에서는 불편할 수 있다. 보안에 취약해 통째로 짐을 도난당하기도 한다.

한인 민박

한식을 꼭 먹어야 한다거나 한국인과 대화하고 싶다면 한인 민박을 이용하는 것도 좋다. 한인 민박에서는 조식을 한식으로 제공하는 경우가 많고, 여행자들도 대부분 한국인이기 때문에 정보 교류가 쉬운 편이다. 다만 숙박비가 저렴하지 않고, 욕실과 주방을 공동으로 사용해야 한다.

호텔

겨울에는 호텔도 비수기라 저렴하기 때문에 도심에 있어도 좋은 가격으로 예약이 가능하다. 그러나 주방이 없고 전기포트만 있는 경우가 많아서 요리를 해 먹고자 한다면 불편할 수 있다. 또한, 유럽의 호텔은 온도 조절이 되지 않아 겨울에는 춥다고 느낄 수 있다.

에어비앤비

공유 숙박 플랫폼이라 불리는 숙박 형태의 하나로, 직접 거주하는 집이나 빈방을 빌릴 수 있다. 일반 주택인 경우가 많아 현지에서 사는 것처럼 생활할 수 있다. 호텔보다 저렴하며 집 전체를 빌리면 아파트나 오피스텔, 주택 등을 단독으로 사용할 수 있다. 개인실은 방 하나를 빌려 주는 것이며, 다인실은 게스트하우스처럼 한 방에 여러 명이 숙박한다.

60일의 지구 여행

에어비앤비 예약 시
고려할 점

날짜와 인원, 숙소 종류, 가격을 설정할 수 있으며 '필터추가하기'를 눌러 자세한 조건으로 검색할 수도 있다. 회원 가입을 하고 결제 시 카드를 등록해 놓으면 가격 확인 후 바로 결제되어 편하다. 예약할 때는 추가 예약금을 받는지, 청소비는 얼마인지, 추가 인원 요금은 얼마인지를 확인해야 한다. 표시된 가격과 실제 예약되는 금액이 다르기 때문이다.

도시마다 물가에 따라 숙박비가 다른데, 비교적 저렴한 숙소는 관광지와 떨어져 있거나 오래된 건물인 경우가 많다. 만약 위치와 가격이 비슷한 숙소가 있다면 슈퍼호스트 위주로 예약하는 것이 좋다. 슈퍼호스트의 집은 기본 조리 도구와 양념 등이 잘 갖춰져 있고, 인테리어도 깔끔하며 위생 상태도 좋다.

카우치서핑으로 무료 숙박

무료 숙박을 원한다면 카우치서핑을 찾아보는 것도 방법이다. 카우치서핑은 잠을 잘 수 있는 소파를 찾아다닌다는 뜻을 가진 무료 숙박 네트워크를 말한다. 이용 방법은 앱이나 홈페이지에 회원 가입을 하고 자기소개와 사진을 올린 후 여행하고 싶은 도시에 올라와 있는 호스트에게 신청하면 된다.

에어비앤비 예약 시 확인해야 할 우선순위

위치

숙소는 위치가 가장 중요하다. 걸어서 도심을 관광할 수 있는 위치가 최적이다. 가격이 저렴해도 관광지에서 너무 멀다면 교통비와 시간을 낭비하게 된다.

사진과 후기

사진을 통해 숙소 상태를 확인하고, 후기가 좋은 곳을 선택한다. 당연하게도 별점이 높을수록 호스트가 정성 들여 숙소를 운영하는 경우가 많다.

신규 숙소 및 장기 숙박 할인

신규 숙소이거나 장기 숙박을 하게 되면 할인을 받을 수 있다. 3일, 5일, 7일, 한 달 등 이용 기간과 호스트의 성향에 따라 장기 숙박 할인율이 다르다.

창문

인테리어가 깔끔한데 가격이 저렴하면 지하인 경우가 있다. 숙소 설명에 지하라는 단어가 없다면 사진을 통해 창문이 있는지 확인해 보면 된다. 지하는 환기가 어렵고 곰팡이나 해충이 있을 수 있어 조심하는 게 좋다.

엘리베이터

유럽의 오래된 건물들은 엘리베이터가 없는 경우가 종종 있다. 트렁크를 가져가거나 짐이 많을 때, 혹은 숙소를 드나들 일이 잦은 여행자라면 엘리베이터 유무가 의외로 중요하다.

세탁기

장기 여행에는 세탁기가 매우 중요하다. 배낭 무게를 고려해 옷을 많이 챙기지 않았다면 더욱 필수적이다. 만약 숙소에 세탁기가 없다면 걸어서 갈 수 있는 코인세탁소가 있는지 알아보는 것도 좋다.

젊은 연령대가 주로 사용하는 여행 앱이라서 아이들을 원하지 않는 호스트가 많고 가족 단위의 여행객을 재울 수 있는 공간을 가진 호스트가 적다. 하지만 가족 단위의 호스트나 칠드런 오케이Children OK 조건에 맥스 서퍼MAX Surfer 3~4명 정도 되는 호스트도 간혹 있다. 신청할

때는 호스트의 프로필을 보고 같은 관심사를 표현한다거나, 해 줄 수 있는 것을 어필하는 경우가 많다. 정성 어린 신청을 보면 수락할 확률이 올라간다.

잠을 잘 수 있는 소파만 내주는 게 기본이기 때문에 호스트가 식사를 제공할 의무는 없다. 여행자는 아침에 나가서 저녁 식사까지 해결하고 들어와 잠만 잔다고 생각하면 된다. 호스트에게 미리 일정을 말하고 약속 시간은 꼭 지키는 것이 매너다. 식사를 제공하거나 여유롭게 숙소를 이용하라고 하는 호스트도 있지만, 기대치를 최대한 낮추는 것이 좋다.

나는 카우치서핑의 호스트로 여러 게스트를 만났는데, 우리 집에 온 친구들을 통해 현지인만 알 수 있는 여행지를 추천받거나 여행에 대한 조언을 얻을 수 있었다. 게스트들은 대부분 현지 가정의 일상을 직접 경험하고 싶어 했다. 따라서 현지인의 삶을 직접 경험하고 싶은 여행자에게도 카우치서핑은 좋은 대안이 될 수 있다.

여행 전 준비 사항

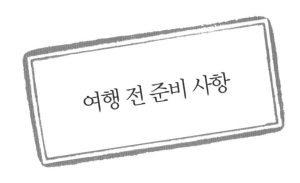

여권 및 서류 준비

여행을 위해 가장 먼저 준비해야 할 건 여권이다. 여권을 발급받으면서 국제운전면허증도 함께 준비해 두면 좋다. 그리고 여권과 국제운전면허증이 발급되면 서명하고 사본을 만든다. 여권 파워 2위의 한국 여권은 유럽 등 여러 국가에서 고가로 거래되기 때문에 분실 위험도 높다. 게다가 여행 중에는 다양한 변수가 생길 수 있어 사본을 꼭 준비해 두어야 한다. 나는 사본을 세 장 준비해서 각각 다른 배낭에 나누어 보관했다.

사진 또한 비자가 필요한 나라에서 사용할 수 있기 때문에 준비해 두는 것이 좋다. 가끔 교통권을 만들 때 사진이 필요한 경우도 있다. 만약 대학생이라면 국제학생증과 사진으로 관광지 입장료를 할인해 주는 패스를 만들 수도 있다.

한편, 우리나라는 엄마의 성과 아이의 성이 달라 가족 관계임을 증명해야 하는 일이 생길 수 있으므로 주민등록등본과 영문 주민등록등본도 준비해 두어야 한다. 신용카드와 체크카드 번호, 통장 계좌번호, 카드사 및 은

여권 만드는 방법

· 신분증과 6개월 이내에 찍은 사진 1장을 챙겨 시 · 군 · 구청에 방문해 신청한다.
· 여권용 사진 규격은 '외교부 여권 안내 홈페이지'에서 확인할 수 있는데, 카메라가 있고 기본적인 포토샵이 가능하다면 직접 찍는 것도 좋다.
· 여권은 유효기간이 6개월 이상 남아 있어야 여행이 가능하다(6개월 이하의 유효 기간이 남아 있는 여권을 함께 가지고 가면 사용하지 못하도록 천공해 준다).
· 대리 신청은 불가능하며, 본인이 직접 가야 한다. 단, 미성년자는 법정 대리인이 신청 가능하다.
· 발급에 3~5일 정도 소요되므로, 반드시 여행 일주일 전에는 신청해야 한다.
· 단수여권은 한 번만 사용할 수 있기 때문에 세계 여행을 준비하고 있다면 반드시 복수여권을 신청해야 한다.

국제운전면허증 만드는 방법

· 여권, 여권용 사진 1장, 본인 명의 신용카드 또는 체크카드 등을 챙겨 경찰서 민원 실이나 도로교통공단 운전면허 시험장에 방문해 발급받을 수 있다.
· 대리인 신청이 가능하다(위임장을 출력해 작성하고 서명하면 된다).
· 신청인 명의의 카드로 대리인 것도 함께 결제할 수 있다.
· 현금 결제는 불가능한데, 카드가 없다면 은행에서 8,500원을 내고 인지를 구매해야 한다.
· 발급일로부터 1년 동안 유효하며 재발급은 불가능하다.
· 여권과 국제운전면허증의 영문 이름이 같은지 확인하고, 사인도 동일하게 해야 한다.

행 전화번호 등도 위급 상황에 대비해 따로 메모해 두었다.

그다음 가고 싶은 나라에 입국이 가능한지 알아봐야 한다. 비자는 입국 허가증이라고 할 수 있는데, 발급 기간을 고려해 여행 한 달 전부터 준비하는 것이 좋다. 참고로 우리나라는 세계 189개국을 무비자로 여행할 수 있다.

비자가 있더라도 미국이나 베트남처럼 숙소 주소와 출국 항공편 예약 증명을 요구하는 나라가 있다. 그러므로 여행지별로 꼼꼼하게 확인한 후 항공권 프린트물 등을 미리 준비해 두어야 한다.

여행자 보험

장기간의 가족 여행은 언제든 예상치 못한 일이 생길 수 있기 때문에 여행자 보험이 필수다.

환전 시 일정 금액 이상이면 무료로 여행자

비자 면제 국가

360일	조지아
180일	파나마, 아르메니아(연 180일)
180일 중 90일	포르투갈, 루마니아, 마케도니아, 몰도바, 터키
6개월	캐나다(전자여행허가 eTA 사전 신청 필요), 영국
4개월	피지
90일	대만, 마카오, 말레이시아, 싱가포르, 일본, 태국, 홍콩, 가이아나, 과테말라, 그레나다, 니카라과, 도미니카(공), 도미니카(연), 멕시코, 미국(전자여행허가 ESTA 사전 신청 필요), 바베이도스, 바하마, 베네수엘라, 벨리즈, 브라질, 세인트루시아, 세인트빈센트그레나딘, 세인트키츠네비스, 수리남, 아르헨티나, 아이티, 안티구아바부다, 에콰도르, 엘살바도르, 온두라스, 우루과이, 자메이카, 칠레, 코스타리카, 콜롬비아, 트리니다드토바고, 페루, 그리스, 네덜란드, 노르웨이, 덴마크, 독일, 라트비아, 룩셈부르크, 리투아니아, 리히텐슈타인, 몰타, 벨기에, 스웨덴, 스위스, 스페인, 슬로바키아, 슬로베니아, 아이슬란드, 에스토니아, 오스트리아, 이탈리아, 체코, 폴란드, 프랑스, 핀란드, 헝가리, 모나코, 몬테네그로, 보스니아 헤르체고비나, 불가리아, 사이프러스, 산마리노, 세르비아, 아일랜드, 안도라, 알바니아, 코소보, 크로아티아, 뉴질랜드, 호주(전자여행허가 ETA 신청 필요), 라이베리아, 모로코, 보츠와나, 세네갈, 아랍에미리트, 이스라엘
60일	키르기즈, 사모아, 레소토, 스와질랜드
45일	솔로몬군도
45일(VWP 90일)	괌, 북마리아나연방
30일	라오스, 미얀마, 브루나이, 인도네시아, 필리핀, 파라과이, 마샬군도, 미크로네시아, 키리바시, 통가, 투발루, 팔라우, 남아프리카공화국, 세이쉘, 오만, 카타르, 튀니지
30일(일방적 면제)	벨라루스, 우즈베키스탄, 우크라이나, 바누아투
30일(1회 최대 연속 체류 30일, 180일 중 60일)	카자흐스탄
16일	모리셔스
15일	베트남, 상투메프란시페

무사증 입국 불가	동티모르, 몽골, 방글라데시, 인도, 중국, 캄보디아, 파키스탄, 볼리비아, 아제르바이잔, 타지키스탄, 투르크메니스탄, 가봉, 모잠비크, 베냉, 알제리, 앙골라, 요르단, 이란, 이집트, 카보베르데, 쿠웨이트, 탄자니아

· 러시아 : 1회 최대 연속 체류 60일, 180일 중 누적 90일
· 벨라루스 : 30일(일방적 면제), 러시아 제외 제3국에서 민스크 국제공항을 통해 출입국 시 적용
· 미국 : 출국 전 전자여행허가(ESTA) 신청 필요
· 캐나다 : 출국 전 전자여행허가(eTA) 신청 필요, 생체 인식 정보 수집 확대 시행(2018년 12월 31일 이후)
· 호주 : 출국 전 전자여행허가(ETA) 신청 필요
· 괌, 북마리아나연방(수도, 사이판) : 45일간 무사증 입국이 가능하며, 전자여행허가(ESTA) 신청 시 90일 체류 가능
· 영국 : 협정상의 체류 기간은 90일이나 영국은 우리 국민에게 최대 6개월 무사증 입국 허용(무사증 입국 시 신분증명서, 재정증명서, 귀국항공권, 숙박 정보, 여행 계획 등 제시 필요-주영국대사관 홈페이지 참조)

비자 특별 국가

미국	2008년 11월 17일부터 비자면제프로그램에 가입되었다. ESTA 전자여행허가를 승인받으면 된다. 홈페이지에서 신청 가능하며, 한국어가 지원된다. 2년의 유효기간과 90일 체류가 허가되며 수수료는 14달러, 여행사에 대행 시 30~40달러 정도가 든다. 개인일 경우에는 '개인신청서'를, 가족일 경우에는 '그룹 신청서'를 선택한다. 신청하고 결제하면 '보류 중' 상태가 되었다가 1~2일 내 승인된다.
캐나다	2016년 3월 15일에 eTA 전자여행허가가 의무적으로 실시되었다. 홈페이지에서 신청 가능하다. 2018년 12월 31일 이후부터 생체 인식 정보 수집 확대가 시행되었지만, 전자여행허가(eTA)를 소지하고 관광객으로 캐나다를 방문하는 비자 면제 국가 국민은 면제된다.
베트남	한국 관광객에게 15일 무비자 정책을 시행하지만, 15일 이상 머물 예정이거나 30일 내 재입국 예정이라면 비자가 필요하다. 홈페이지에서 전자 비자 신청이 가능하다.

※ 비자 정보는 외교부 '해외안전여행' 홈페이지 참고(2019년 2월 기준)

우리 가족의 여행자 보험 가입 내역!

보험슈퍼마켓 검색 후 홈페이지와 앱에서 가격과 보장 내역을 비교해 보고, 삼성화재에서 4인 가족 60일 기준으로 가입했다.

· 보장 내역 : 상해 사망·후유장애 각 2억 원, 질병 사망·후유장애 3,000만 원, 상해 의료·질병 의료 각 2,000만 원, 배상 책임(자기 부담 1만 원) 2,000만 원, 휴대품 손해(건당 20만 한도 1만 원 공제) 100만 원
· 보험금 : 남편(6만 5,700원), 나(6만 5,370원), 주현(3만 190원), 서현(3만 1,970원) 총 19만 3,230원

렌트를 하게 된다면 자동차보험은?

렌트 시 자동차보험은 고민되는 사항이다. 렌트 비용보다 보험 비용이 더 나오는 경우도 있기 때문이다. 중소 도시를 여행할 때는 비교적 한산한 길을 운전하는 일이 많고 주차 걱정도 적어서 보험은 선택 사항이다. 하지만 런던, 파리, 뉴욕 등 대도시에서 렌트를 하면 차량 통행이 많아 주의가 필요하므로 추가로 보험에 가입하는 것을 추천한다.

보험을 들어 주기도 하고, 신용카드사에서 제공하는 여행자 보험도 있으니 먼저 내용을 확인해 두면 좋다.

하지만 무료 보험은 보장 내용이 부족한 경우가 많다. 따라서 더 많은 보장이 되는 보험을 준비하고 싶다면 '온라인 보험슈퍼마켓 보험다모아'에서 여행자 보험을 비교해 보고 가입하면 된다. 국가에서 운영하는 보험 비교 사이트로, 안전하고 믿을 만하다.

로밍과 유심

로밍은 전화 한 통으로 간편하게 신청할 수 있지만 하루에 1만 원이라는 요금이 든다. 두 명이 60일이면 총 120만 원의 가격이라 부담스러웠다. 그래서 우리는 유심과 포켓 와이파이를 알아보았다.

외국 친구들이 카우치서핑을 왔을 때 어떻게 데이터를 사용하는지 물었더니 대부분 유심을 사서 쓴다고 했다. 우리도 유심을 기준으로 두고 입국 후 유심을 구매하지 못했을 때 보조 수단으로 로밍을 이용하기로 했다. 포켓 와이파이 한 대를 빌리는 것은 불편한 점이 많았다. 어떤 변수가 생길지 모르니 남편과 내 휴대폰 모두 데이터를 이용할 수 있어야 한다고 생각했다.

유럽 유심은 Three심과 EE유심 두 가지 종류를 많이 사용하는 편이다. 우리는 여행 전에 '글로벌 유심'이라는 판매처에서 30일 사용 가능한 유럽 통합 유심인 EE유심을 구매했다. 한국과 국제전화를 할 수 있고(옵션 구매) 테더링과 핫스팟 연결이 가능해 유심 두 개로 태블릿 PC와 노트북을 모두 이용할 수 있었다. 나머지 기간은 현지에서 교체하는 것으로 계획했다. 우리가 구매한 유심은 터키와 모로코에서는 사용할 수 없어 그 또한 현지 구매하기로 했다.

모로코에서는 공항에서 50디르함(약 6,000원)으로 MROC 통신사 제품을 구매했다. MROC 통신사는 모로코 곳곳에 보이는 제1 통신사로 사막으로 가는 내내 잘 터졌다. 터키에서는 결국 유심 없이 여행했다. 미국 유심도 현지에서 샀다. 뉴욕의 타임스퀘어에 있는 AT&T 매장에서 데이터만 사용할 수 있는 요금제로 구매했다. 저가형이라 미국 번호는 없었다. 한 개

로밍

각 나라 통신 사업자가 서로 다른 나라에서도 통신이 가능하게 연결해 주는 서비스로, 사용하는 통신사에 전화로 요청하면 바로 이용할 수 있다. 데이터 무제한은 하루 1만 원 정도로, 한국의 전화와 문자를 그대로 사용할 수 있다.

**포켓
와이파이**

집에 있는 인터넷 공유기를 들고 다니는 것과 비슷하다. 휴대폰 크기만 한 단말기를 들고 다녀야 한다. 1대로 여러 기기를 동시에 이용할 수 있기 때문에 동행이 있을 때 가격이 저렴해진다. 노트북이나 태블릿 PC와 동시에 사용할 수 있지만 충전을 해야 하고, 지역에 따라 통신이 원활하지 않은 경우가 있다. 단말기를 분실하면 변상해야 한다.

현지 유심

스마트폰에 들어 있는 모바일 신분증이라고 할 수 있다. 유심만 꽂으면 어떤 휴대폰이든 자신의 휴대폰이 된다. 유심을 사면 현지 전화번호를 갖게 되고, 현지 통신사에 가입한 것과 같은 효과를 누릴 수 있다. 가입비는 없고, 요금을 선불로 충전해서 사용하는 방식이다. 한국 유심을 빼면 정해진 사용량 외의 요금이 나오지 않는다. 다만 한국의 전화와 문자를 그대로 사용할 수 없는 경우가 많다. 데이터를 이용하는 방법 중 가장 저렴한 편이다.

한국에서 유심을 신청하면 전화는 수신·발신이 가능하나 문자는 사용할 수 없는 경우가 있다. 유심 회사에 따라 핫스팟이나 테더링 이용 가능한 곳이 있어 노트북이나 태블릿 PC도 연결해 사용할 수 있다. 인터넷으로 유심을 구매해서 집으로 받을 수도 있고 공항에서 직접 수령할 수도 있다. 하지만 휴대폰 보험이나 통신사의 서비스를 받지 못할 수 있다.

에 28.6달러(약 3만 원)였다. 뉴욕, 워싱턴, 샌프란시스코, 실리콘밸리, LA에서 모두 속도가 빨랐다.

유럽에서 미국에 도착했는데 유심이 없어 에어비앤비 호스트와 연락이 되지 않았을 때는 한국 통신사에 무료 통화로 전화해 하루만 로밍을 이용했다. 영국 보다폰 유심을 사용하면 터키와 모로코, 미국까지 사용 가능하지만 가격이 비싸다. 공항에서 유심을 구매하는 건 다소 비싸지만, 검색을 해서 숙소를 찾아가야 한다면 공항에서 구매하는 것도 좋다.

 유럽 유심 구매

우버 등을 이용할 예정이라면 현지 번호를 제공하는 유심을 구매하는 게 좋다. 현지에서 즉시 개통되는 유심 구매를 추천한다. 공항에서 바로 끼워 개통한 후 우버를 이용할 수 있기 때문이다.

유심을 구매할 때 우선적으로 확인해야 할 사항은 데이터 속도(LTE, 3G 여부), 기간 연장 가능 여부, 테더링과 핫스팟 가능 여부 등이다. 또한, 업체마다 개통되는 나라와 기간, 가격이 다르니 비교해 보고 구매하는 것이 좋다.

최소 비용의 지구 여행 준비

유심은 한국에서 미리 구매하는 게 좋다!

유럽에서 유심이 필요하다면 한국에서 미리 구매해 가자. 특히 일정이 정해지지 않은 세계 여행이라면 기간을 넉넉히 구매하는 것이 좋다. 미리 구매하면 가격도 저렴하고 현지 공항에서 당황스러운 상황을 피할 수 있다.

한편, 대륙 간 이동을 할 때는 혹시 모를 상황에 대비해 통신사에 미리 로밍을 신청하는 것도 좋다. 사 두었던 유심이 개통되지 않는다거나 밤늦게 도착해 공항에서 유심을 구매할 수 없을 때 유용하다. 우리는 터키와 미국에서 유심을 쓸 수 없어 당황스러운 상황을 맞았다. 터키에서는 친구와 연락이 되지 않아 공항에서 엇갈렸고, 미국에서는 에어비앤비 호스트와 연락이 어려웠다.

다음에 또 비슷한 루트로 여행을 하게 된다면 유럽 60일 유심(기간이 가장 긴 유심)과 미국 유심을 한국에서 미리 구매해 갈 예정이다.

유심 보호 서비스

유심을 사용할 때는 유심 보호 서비스를 해지해야 한다. 유심 보호 서비스는 다른 유심을 끼웠을 때 사용하지 못하도록 하는 부가 서비스를 말한다. 아이폰 중에는 컨트리락County Lock이 걸려 있는 경우가 있으니 리퍼 폰이나 해외 구매 폰은 출국 전 꼭 확인해야 한다. 컨트리락이 걸려 있으면 유심을 인식하지 못해 사용하기 어려울 수 있다.

아이폰 컨트리락 확인 방법

'설정 ▶일반 ▶정보 ▶IMEL' 또는 '전화 키패드 ▶*#06#'을 누르면 나오는 숫자를 메모한다. 그다음 아이폰 고객센터 080-333-4000으로 전화해 컨트리락 해제 요청을 하면된다. 이름, 전화번호, 이메일 주소, 여행지 같은 신상 정보를 말하면 컨트리락이 걸려있는지 알려 준다. 컨트리락이 걸려 있어 해제를 요청하면 2~3일 뒤에 반영된다.

보조 폰이 있다면 한국 유심을 끼워 둘 것!

신용카드 사용 내역과 나라를 이동할 때마다 오는 통신사와 외교부의 문자 등을 확인하기 위해 유럽 유심을 끼우지 않은 아이들 휴대폰에 한국 유심을 끼워 뒀다. 해외에서 데이터를 사용하면 요금 폭탄이 나올 수 있기 때문에 출국할 때 미리 '해외 데이터차단'을 신청했다. 한국 유심을 끼워 두면 신용카드 사용 내역을 실시간으로 확인할수 있어 카드를 분실하더라도 큰 피해를 막을 수 있다. 회원 가입을 하거나 인증이 필요할 때도 한국 유심이 필요한 경우가 있다.

여행 전 확인하면 좋은 어플

해외 안전 여행 외교부에서 만든 어플로 위기상황대처매뉴얼, 여행경보제도, 여행체크리스트, 공관위치찾기 등을 제공한다. 여권을 잃어버렸을 때는 영사관을 찾아가야 하는데, 미리 다운받아 놓으면 당황하지 않을 수 있다. 여행지가 안전한지 확인하기에도 좋다.

Just Touch It 한국관광공사에서 만든 어플로 나라별 안전 여행 팁과 여행 주의 사항 등을 제공하며, 여행 중 간단한 번역도 할 수 있다. 영어, 일본어, 중국어, 프랑스어, 스페인어, 이탈리아어, 독일어, 러시아어, 태국어의 번역이 가능하다.

출입국 신고서 비행기 안에서 출입국 신고서를 쓸 때마다 땀을 뻘뻘 흘린다면 반드시 필요하다. 앱으로 미리 다운받아 놓으면 데이터를 이용하지 않아도 사용 가능하다. 출입국 신고서가 없어도 입국 가능한 국가, 비자 유무, 비자 면제 날짜 등에 대한 정보까지 한눈에 보기 좋게 나와 아주 편리하다.

환율 계산기 아이폰 기준 Currency를 사용했다. 원하는 나라를 선택하면 한 번에 금액을 보여 준다. '여행의 고수'에서 나오는 환율 계산기도 편리하다.

여행 가계부 나라별로 정리하기 편하게 되어 있는 앱이 많다. 우리는 주로 '여행의 고수'를 이용했는데, 총 경비가 계산되지 않아 아쉬웠지만 자동 환율 변환도 되고 현지 통화로 입력하면 원화로 바로 보여 준다. 메모 기능이나 통계가 편리해 만족하며 사용했다.

하나투어 앱 '여행정보 ▶ 인포그래픽'에서 다양한 정보를 볼 수 있다. 예방접종, 짐 싸기 등 필요한 정보가 깔끔하게 정리되어 있어 여행 준비를 마무리하며 확인하면 좋다. 인기 여행 도시, 전문가 여행기, 테마별 여행 정보 등을 확인할 수 있고 가이드 북, 오디오 가이드, 지도를 무료로 다운받을 수 있다.

네이버 포스트 호텔스닷컴 여행이야기, 마이리얼트립 포스트 등 많은 여행사 관련 네이버 포스트에 렌터카, 여행 코스, 마일리지 적립법 등 다양한 정보가 올라와 있다.

별자리 어플 실용적인 어플은 아니지만 하늘이 맑은 날 별자리를 찾아 볼 수 있는 도시에 갔을 때 사용하면 재밌다. 우리는 사막의 모래 위에서 별자리 앱을 봤

여행 중 자금 관리

· 신용카드와 체크카드는 분실에 대비해 여러 장 준비하는 게 좋다. 우리의 경우 4장의 신용카드와 2장의 체크카드를 준비했다.

· 여행 자금은 4곳의 통장에 분산해 두었다. 인출용 통장은 비워 두었다가 인출 전에 이체했다. 또한, 현금을 인출할 때는 주로 공항이나 은행에 있는 인출기를 이용했다.

· 신용카드 복제를 막기 위해 주로 현금을 사용했고, 대형 마트나 쇼핑센터 등 복제의 위험이 적고 결제 금액이 큰 곳에서는 신용카드를 사용했다. 신용카드 분실에 대비해 카드 번호와 카드사 전화번호 등은 따로 적어 놓았다.

· 신용카드를 사용할 때는 현지 통화 결제를 하는 것이 좋다. 원화로 결제하거나 달러로 결제하면 이중 환전되어 수수료가 3% 정도 더 든다.

· 신용카드가 되지 않을 때를 대비해 페이팔을 미리 신청해 두는 것도 좋다. 카드사에 따라 결제가 되지 않는 곳이 있기 때문이다.

다. 우리가 사용한 어플은 나이트 스카이였다.

오디오 가이드 및 가이드 북 여행지에 대한 정보를 알기 쉽게 정리해 놓은 오디오 가이드나 가이드 북은 다운받아 두면 관광 중 유용하게 사용할 수 있다.

🎧 무료로 듣는 오디오 가이드

하나투어 앱 오디오 가이드	'하나투어 앱 또는 웹 ▶ 여행정보 ▶ 여행전문가의 귀뜸 오디오 가이드'를 통해 듣거나 다운로드 가능하다. 파리, 로마, 런던, 도쿄, 오사카, 앙코르와트, 싱가포르 등을 이용할 수 있다.
한국관광공사 지구촌 스마트 여행	각 도시별 오디오 가이드를 들을 수 있다. 킹콩 엔터테인먼트 소속 연예인들이 가이드로 참여해 차분하고 멋진 목소리로 여행 정보를 들려준다. 앱이나 웹을 통해 들을 수 있으며, 인터파크 투어에서도 지도와 음원 다운로드가 가능하다.
5대 박물관 오디오 가이드 '투어야'	회원 가입을 하면 대영박물관, 내셔널갤러리, 루브르박물관, 오르세미술관, 바티칸 박물관/성베드로 성당 오디오 가이드를 들을 수 있다. 박물관 동선을 따라 설명하기 때문에 오디오 가이드에 따라 이동하면 편리하다. 작가 및 작품의 특징, 역사적 배경 등에 대해 알 수 있어 작품을 이해하는 데 큰 도움이 된다.

무료로 보는 가이드 북

하나투어 앱 가이드 북	여행 준비나 인포그래픽(이미지와 함께하는 여행 정보), 전문가 여행기, 가이드 북/맵북 등을 확인할 수 있다. 여행 준비를 하며 놓친 것은 없는지 확인하는 용도로 사용할 수 있으며, 여행 준비에 대한 지식도 얻을 수 있다.
투어팁스 앱	여행정보를 보면 '이것만은 알고 가자' '추천일정 & 테마여행' 등 다양한 정보를 깔끔한 디자인으로 확인할 수 있다. 하나투어와 같은 정보가 있지만 로그인을 하지 않아도 볼 수 있는 것이 많아 편리하다.
모두투어 Trip Info M 앱	다양한 나라의 가이드 북을 볼 수도 있고 다운받을 수도 있다. 매달 앱용 여행 잡지도 발간한다. 지도도 함께 볼 수 있어 유용하다.

한국관광공사 '지구촌 스마트 여행' 사이트
앱이 아닌 점이 다소 아쉽지만 현지 안전정보, 해외 질병 정보, 예방접종 정보, 위기 상황별 대처요령, 국가별 종합 정보, 체크리스트, 여권과 비자, 국가별 매너 등을 한눈에 볼 수 있어 활용도가 높은 사이트다.

예방접종은 필수

세계 여행은 다양한 나라를 다니기 때문에 여러 가지 질병에 노출될 위험이 있다. 특히 황열병 예방접종과 말라리아 예방약 준비는 가장 필수적이다. 황열병 예방접종을 하지 않으면 입국이 어려운 나라가 있다. 남미, 아프리카, 인도 등을 여행할 계획이라면 반드시 하는 것이 좋다. 하지만 우리는 황열병 및 말라이아 위험 지역으로는 여행을 가지 않아 따로 준비하지 않았다.

황열병 예방접종 방법

'질병관리본부 홈페이지 ▶ 감염병관리 ▶ 해외여행질병정보 ▶ 예방접종기 관안내'에서 검색해 보고 가까운 국립검역소가 있다면 그곳에서 접종한다. 검 역소가 없다면 각 지역의 대형 병원에서 접종할 수 있다. 가기 전에 백신이 있는지 전화하고 예약하는 것이 좋다.

예방접종 시에는 여권이나 여권 사본이 필요하고, 정부수입인지를 구매해야 한다. 정부수입인지는 은행이나 우체국에서 현금으로 구매하거나(대형 병원 내 은행에서 구매 가능), 전자수입인지 홈페이지에서 '종이문서용 전자수입인 지'로 로그인 후 구매하고 프린트할 수 있다.

 말라리아약 처방

말라리아약은 보건소에서 처방받은 후 약국에서 구매해 복용하면 된다. 약에 따라 복용 기간이 다르기 때문에 꼭 2주 전에는 처방받아야 한다.

다만 우리는 사막 투어를 위해 모로코를 방문할 예정이었기 때문에 모로 코와 터키 위주로 예방접종을 준비했다. 한국관광공사 '지구촌 스마트 여 행' 홈페이지 혹은 '질병관리본부 해외여행질병정보센터'를 검색하면 여행 국가별로 필요한 예방접종을 알 수 있다.

우리는 장티푸스, 파상풍, A형 간염, B형 간염 위주로 예방접종을 준비했다. 장티푸스는 보건소에서 5,000원으로 접종 가능하며 3년간 효력이 유지된다. 면역력이 생기는 데 10일 정도가 걸린다. 주민에게 무료로 접종해 주는 지역이 있으니 구청에 알아보는 게 좋다.

B형 간염은 보건소에서 1회 3,400원 정도로 접종 가능하다. 1회 접종한 달 후와 6개월 후에 추가 접종하면 된다. A형 간염은 보건소에서 접종하지 않아서 모자보건센터에서 55,000원을 주고 추가적으로 접종했다. 파상풍은 1만 3,000원 정도로 접종할 수 있으며 10년간 효력이 유지된다.

여행 물품 준비

사실 여행 전 짐을 어떻게 싸야 하는지가 어느 나라를 갈 것인지보다 더 큰 고민이었다. 가져갈 수 있는 짐에는 한계가 있는데 장기 여행은 처음이라 뭐가 필요한지 판단이 서지 않았다. 그래서 미리부터 필요하다고 생각되는 물건들을 담아 두었다가 마지막에 배낭을 챙길 때 그중 중요한 것들을 선택했다.

가장 중요한 물품

가장 중요한 짐은 여권 분실을 대비해 준비한 사진 두 장과 기본증명서, 가족관계증명서, 항공권과 호텔 예약 프린트물이다. 한국에서 예약한 항공권은 모두 프린트해 가는 게 좋다. 특히 저가항공(라이언에어 등)은 프린트물을 요구하는 경우가 있는데, 준비하지 못했을 때 수수료를 낼 수 있다. 호텔을 이용한다면 데스크에 프린트를 요청할 수 있지만 에어비앤비를 이용한다면 프린트가 어려울 수 있다.

혹시 여권을 분실했을 때도 미리 서류를 준비하지 않으면 절차가 복잡해질 수 있다. 당황스러운 상황에 사진도 찍어야 한다면 더욱 혼란스러울 것이다. 하지만 여권 복사본을 챙기면 여권을 가지고 다니지 않아도 신분과 나이를 증명할 수 있어 편리하다.

비상 의약품 또한 꼭 필요하다. 특히

체코를 여행할 때는 영문 여행자 보험을 프린트!

체코 여행 중에는 영문으로 된 여행자 보험 내역서를 소지해야 한다. 기준에 맞춰 가입하고 영문으로 프린트해야 검문 시 벌금을 피할 수 있다. 체코에 갈 계획이 없더라도 변수가 많은 여행을 위해 준비해 두면 좋다.

아이들과 여행한다면 자주 가는 병원에 처방받아 미리 준비해 두어야 한다. 기본적으로 작은 체온계를 챙기고, 열이 날 때나 목이 부었을 때 만능인 해열제를 준비한다. 무게, 부피, 위생을 위해 짜 먹는 해열제가 좋다. 그리고 가족들의 체질에 따라 필요한 의약품을 준비한다. 우리 가족의 경우 남편을 위한 비염약, 나에게 필요한 안약과 인공눈물, 자주 입병이 나는 서현이를 위한 바이러스 처방약을 준비했다. 그 밖에 모기퇴치제, 상처연고, 화상연고, 밴드, 진통제, 설사약 등을 준비했다.

1박 2일 짐을 기준으로

1박 2일 정도 떠나는 짐이라 생각하고 단순하게 준비하는 것이 핵심이다. 가족 모두 속옷과 양말을 세 세트씩 챙기고, 옷은 버려도 부담이 적은 것으로 두세 벌을 준비했다. 그 외에 필요한 옷은 현지 구매하기로 했다. 세면도구는 숙소에 구비되어 있는 경우가 많아 최소한으로 챙겼다.

옷은 물가가 저렴한 동남아에서 구매하는 것이 좋다. 유럽이나 미국도 의류비가 비교적 저렴하다. 겨울 여행에 필수인 패딩도 입고 간 옷 하나 외에는 챙기지 않았다. SPA 브랜드인 H&M, 자라, 유니클로 등은 세계 어디

서나 찾을 수 있기 때문에 현지에서 구
매하면 된다. 영국 저가 브랜드로는 프
라이마크, 톱숍, 몬순, 뉴룩이 유명하
다. 스포츠 용품은 스포츠계의 이케아
라 불리는 프랑스 브랜드 데카트론이

있다. 유럽 내 어디서든 볼 수 있고 배낭, 등산화, 우비 등 여행에 필요한
모든 것을 구할 수 있다. 같은 브랜드라도 나라마다 디자인이 다르기 때문
에 여행지에서 옷을 구매하면 귀국 후 여행을 추억할 수 있는 실용적인 기
념품이 되기도 한다.

신발은 가장 편한 걸 신고 플립플롭(쪼리)이나 슬리퍼를 꼭 챙긴다. 외국
의 숙소에서는 슬리퍼가 필수다. 슬리퍼를 준비하지 못했다면 기내용 슬리

 배낭 고르는 법

배낭은 무게가 가장 중요하다. 그리고 개폐구가 트렁크처럼 열리는 것이 편
리하다. 여행 중 짐이 추가될 걸 고려해 무리하게 큰 배낭을 선택하기보다는
체격에 맞는 배낭을 선택해야 한다. 체격보다 큰 가방은 지하철 문에 끼이는
등의 문제가 생길 수 있다. 아이들 배낭을 고를 때도 무게가 가장 중요하다.
그리고 외부에서 걸리는 부분이 없도록 매끈한 것이 좋다.

우리 가족이 구입한 배낭 정보!

· **남편 배낭** : Forclaz 60 블루 하이킹 백팩(가격 : 62,900원)
부피 61L, 무게 1.8kg, 높이 69cm, 너비 33cm 폭 27cm
· **내 배낭** : Forclaz 트레킹 백팩 그레이(가격 : 41,900원)
부피 50L, 무게 1.7kg, 높이 62cm, 너비 32cm, 폭 24cm
· **아이들 배낭** : Arpenaz 등산 가방 20L 블랙, 그레이(가격 : 25,000원)
부피 21L, 무게 340g, 높이 48cm, 너비 24cm, 폭 14cm
· **구입처 : 데카트론**

퍼나 호텔에 비치된 슬리퍼라도 준비하는 게 좋다. 신발은 비닐 헤어캡에
담으면 무게와 부피를 최소화할 수 있다.

무게를 줄이는
최소한의 짐 싸기

무거운 배낭은 여행의 가장 큰 걸림돌이다.
배낭의 무게가 늘어날수록 항공편 수하물 요금도 늘어난다. 꽉꽉 눌러 담
는 데도 한계가 있고, 눌러서 다 넣었다고 해도 사람이 멜 수 있는 데 한계
가 있다. 여행을 할수록 체력이 떨어져 배낭 무게는 더욱 무겁게 느껴진다.
그렇기 때문에 무게를 줄이면서 규칙적으로 짐을 싸는 게 중요하다.

나는 배낭의 3분의 2만 채우고 보조 가방을 남은 윗부분에 넣는 걸 기본 원칙으로 가방을 꾸렸다. 노트북 가방은 따로 준비하고, 신발은 배낭 아래쪽의 분리되는 부분에 넣었다. 배낭 안의 아래에 패딩이나 니트 같은 가볍지만 부피가 큰 옷을 먼저 넣었고 그 위를 작고 무게가 나가는 것으로 채웠다. 그리고 여권 본사본과 상비약 등 중요한 물품은 남편과 내 배낭에 나누어 담아 배낭 하나만 열어도 모든 상황을 해결할 수 있도록 했다.

　　　　　　　　　　　　　　　　　　　　　　　　　60일의 지구 여행

가방 속 샅샅이 엿보기

내 배낭	작은 매트, 친구들에게 줄 선물(도장), 리마인드 웨딩 촬영용 드레스와 나비넥타이(사용하지 않음), 여분 보스턴백, 에코백, 책 두 권, 팸플릿, 잡동사니 주머니(휴대폰 목걸이, 자물쇠, 이어폰, 화장지 등 위생 용품, 3구 콘센트, 멀티플러그, 반짇고리, 바세린, 핸드크림, 여행용 저울, 손톱깎이 등), 화장품 파우치	※ 공통 : 상비약, 2인용 전기방석, 바람막이 2개, 침낭 커버 2개, 우비 2개, 작은 수건 2개, 복대, 요리용 소스 주머니, 옷 주머니, 서류 복사본과 사진, 세면도구, 선글라스, 배낭 커버
남편 배낭	카메라 및 카메라 용품, 주현이 천 가방, 속옷 주머니, 노트북 충전기, 외장하드 등 전자 장비(사용할 일은 적지만 무게가 많이 나가는 것들)	
주현이 배낭	책, 메모장, 미니 노트, 필통, 연필, 지우개, 연필깎이, 색종이, 나무 비행기와 나무 인형(터키항공에서 받은 키즈 키트), 카메라 가방, 비스킷 등 간식	
서현이 배낭	클레이, 곰 인형, 영어 공부용 공폰, 가위, 테이프, 립밤, 머리끈, 드론, 털모자, 경량조끼 등	
손가방	귀마개 4개, 이어폰 4개, 목베개 1개, 안대 1개, 짜 먹는 해열제 2개, 안약, 볼펜이 든 지퍼백, 여분 사진 등 서류 복사본이 든 추가 봉투, 외장 배터리 2개, 아이들 휴대폰	
노트북 가방	노트북, 태블릿 PC, 여권, 항공권 등	

여행 중 유용했던 물품

· **미니 가위** : 칼과 도마만으로 해결되지 않는 경우가 있다. 우리나라에는 주방마다 가위가 있지만, 해외에서는 가위가 없는 숙소가 많다. 기내에 들고 탈 수 없기 때문에 배낭에 넣어 수하물로 부쳤다.

· **2구 USB 충전 겸용 멀티플러그** : USB가 충전되는 멀티플러그가 편리하다는 글을 보고 준비했는데 정말 유용했다.

· **전기방석** : 무거우면 버릴 각오로 챙긴 2인용 전기방석 2개로 감기에 걸렸을 때 체온을 올릴 수 있었다. 몸에 열이 많은 사람이라도 어떤 상황이 생길지 모르니 1개 정도는 꼭 챙기라고 하고 싶다.

· **이어폰** : 오디오 가이드를 들을 때 유용하다. 저가항공의 경우 기내 모니터는 사용할 수 있지만 이어폰은 돈을 주고 빌려야 할 수 있다.

· **우비** : 우산 대신 부피가 작고 무게가 덜 나가는 우비를 챙겼다. 우비는 미니 텐트 역할도 하기 때문에 비가 올 때 뿐만 아니라 추운 곳에서 덧입고 있어도 된다. 우비는 한국에서 사는 게 좋다. 해외에서는 일회용이 많아 여러 번 쓰기 어렵고, 두꺼운 우비는 비싸다.

· **바세린** : 화장품을 하나만 챙겨야 한다면 바세린을 챙기는 게 좋다. 단일 성분이라 아이들이 쓰기에도 안심이다. 미국 캘리포니아에서 여기저기 가렵고 손등이 갈라지고 부르텄는데, 바세린 덕을 많이 봤다. 유럽 여행 중에는 서현이 입술이 내내 부르트고 각질이 생겼을 때 립밤으로도 해결이 안 됐는데, 바세린 몇 번으로 촉촉해졌다. 화장품을 많이 챙겨 가지 않아 핸드크림에 바세린을 섞어 얼굴에 바르기도 했다.

· **귀마개** : 여행이 절반 정도 지난 후부터 컨디션이 떨어졌는지 비행기가 착륙할 때 귀가 아팠다. 소음 방지 용도보다는 착륙 전에 더 많이 사용했다. 귀마개에 끈이 달린 걸 준비하면 잃어버릴 염려가 없다.

- **트리트먼트** : 나라마다 물이 달라 머릿결이 푸석해지고 샴푸를 해도 개운하지 않았다. 2~3일에 한 번씩 트리트먼트를 해 주니 머릿결이 좋아졌는데, 다시 여행을 한다면 샴푸보다 트리트먼트를 챙길 예정이다.
- **여행용 저울** : 수하물 기준에 맞는지 배낭 무게를 잴 때 필요하다. 전자저울을 준비하면 무게가 정확하다. 에어캡으로 감아 가방에 넣어 다녔다.
- **선크림과 선글라스** : 부피가 큰 모자 대신 선크림과 선글라스를 챙겨 유용하게 사용했다.
- **수면양말** : 부피가 큰 수면양말을 버릴 각오로 챙겼다. 숙소가 춥거나 감기에 걸려 몸이 좋지 않았을 때 두루 사용했다.
- **침낭 커버(침낭라이너)** : 게스트하우스나 백패커 등 저렴한 숙소는 침구 상태가 청결하지 않은 경우가 있다. 부피가 크고 무거운 침낭 대신 얇은 침낭 커버를 챙겼는데, 여러모로 유용했다. 침구가 부족할 때나 공용 침구를 써야 할 때도 좋다.
- **호루라기** : 만일의 사태를 대비해 가방마다 호루라기를 달았다. 밤에는 거의 이동하지 않아 사용할 일은 없었지만, 호루라기 덕에 마음이 편안했다. 다음 여행에도 가방에 호루라기를 달 것이다.
- **각종 주머니와 보조 가방** : 얇은 면 에코백을 준비하면 쓰임이 많다. 다이소에서 2,000원에 구입한 에코백은 빨래 주머니로 사용했는데, 나중에는 팸플릿 주머니로도 사용했다. 데카트론에서 구매한 주머니들도 유용했다. 용도에 따라 방수 주머니, 지퍼 주머니, 망사 주머니 등을 구비해 여행 내내 잘 사용했다. 접을 수 있는 보조 가방도 하나 챙겼는데, 짐을 분리해야 했을 때 유용했다.

※ 1장의 여행 준비 내용은 2018년 1월부터 2019년 2월까지의 정보로 작성됨.

60일의 지구 여행 루트
(13개국 21개 도시)

중국 베이징(1박)
▼
그리스 아테네(5박)
▼
터키 이스탄불(4박)
▼
이탈리아 로마, 바티칸(3박)
▼
체코 프라하(7박)
▼
스페인 마드리드(3박)
▼
모로코 마라케시 · 메르주가(4박)
▼
프랑스 마르세유(3박)
▼
영국 런던(3박)
▼
프랑스 니스 · 생폴드방스, 모나코(7박)
▼
프랑스 파리(4박)
▼
미국 뉴욕(3박)
▼
미국 워싱턴 D.C.(3박)
▼
미국 팰로앨토 · 샌프란시스코(3박)
▼
미국 LA(4박)
▼
대만 타이페이(2박)

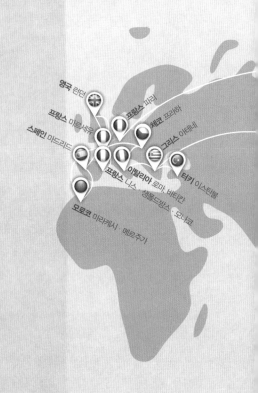

60일의 지구 여행

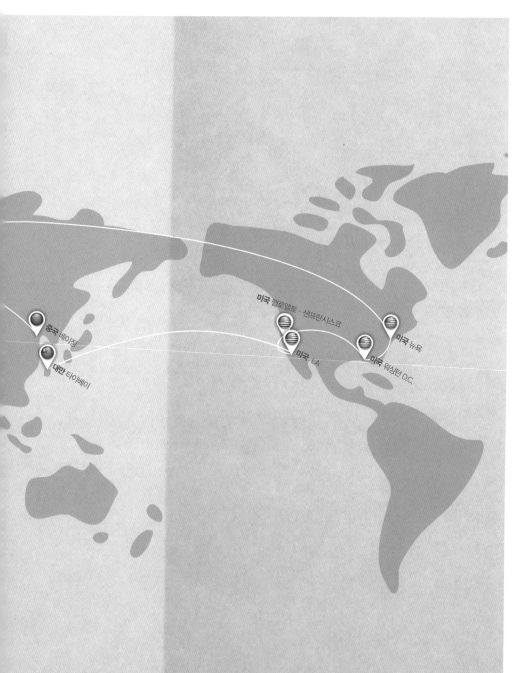

중국 베이징

미국 팰로앨토 · 샌프란시스코

미국 뉴욕

미국 LA

미국 워싱턴 D.C.

대만 타이베이

최소 비용의 지구 여행 준비

가족 여행
프로젝트의 시작

여행의 시작 : 중국, 베이징

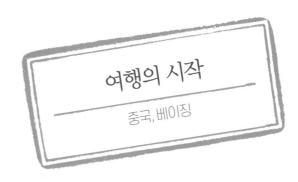

여행의 시작

중국, 베이징

지구 한 바퀴의 첫걸음

길고 긴 준비 과정을 마치고 비로소 지구를 한 바퀴 도는 여행이 시작되었다. 첫 여행지인 베이징에서 허락된 시간은 환승 전 19시간뿐이었다.

공항 직원의 느긋한 일 처리 덕에 줄을 서고 나서도 한 시간이 훌쩍 넘어서야 공항을 빠져나올 수 있었다. 공항을 나오면서 느낀 첫인상은 '정말 공기가 안 좋구나'였다. 뿌연 하늘에 가슴까지 답답해지는 것 같았다.

자금성까지는 택시를 타기로 했다. 요금에 대한 바가지를 각오하고 택시에 올랐는데, 공항에서 바짝 긴장했던 마음이 풀어질 정도로 친절한 기사님을 만나 베이징에 대한 이미지가 조금 좋아졌다.

하지만 자금성 근처에 내린 우리는 다시 한껏 긴장한 채 걸었다. 여행 전에 확인했던 것처럼 자금성은 보안검색이 철저했다. 외국인 관광객이 많을 줄 알았는데 의외로 중국인 관광객이 대부분이었다. 중국에 온 지 몇 시간 안 됐는데도 본토 사람, 대만 사람, 홍콩 사람이 구별되는 게 신기했다. 뭐라고 꼭 집어서 설명하긴 어렵지만 차림새와 눈빛이 달랐다. '다른 사람들

눈에는 우리도 어리바리한 한국인 관광객처럼 보이겠지?' 머릿속에는 자꾸만 쓸데없거나 사소한 상념이 넘쳐 났다.

야심 차게 출발한 이번 여행에서 우리 가족은 소소하게 달성하고 싶은 목표가 몇 가지 있었다. 그중 하나는 바로 '가족사진'이었다. 우리는 세계 곳곳을 다니며 다양한 가족사진을 찍기로 했다. 첫 여행지인 베이징은 당연히 목표의 첫 시작지이기도 했다. 하지만 자금성 입구 마오쩌둥의 초상화 앞에서 사진을 찍고 싶은데, 부탁할 사람이 마땅치 않았다. 유동 인구가 많아 삼각대를 놓고 찍기도 어려웠다. 멋진 장소에 가기만 하면 좋은 사진을 뚝딱 찍을 수 있을 줄 알았는데, 어쩐지 모든 게 어색했다. 남편은 카메라를 다시 세팅하고, 이리저리 자리도 다시 잡아 보았다.

"한국에서 오셨어요? 저희 가족사진 좀 찍어 주실 수 있을까요?"

결국 우리는 지나가는 한국인 가족에게 사진을 부탁했다. 서로 사진을 찍어 주고 웃으며 헤어지고 나서야 바짝 조여 놓은 긴장의 끈이 풀어지는

60일의 지구 여행

기분이었다. 기대와 부담을 조금 내려놓고 지금의 순간을 즐기자고 마음을 다잡았다. 계획한 일이 흐트러지면 식은땀을 흘리는 내 성격이 이 다짐을 따라갈 수 있을지 모르겠지만 말이다.

중국에 도착해 뿌연 자금성과 마주했지만, 나는 아직 여행을 시작했다는 사실이 믿어지지 않았다.

거대한 자금성과
베이징의 추위

대륙답게 중국은 도로도 넓고 건물의 규모도 남달랐다. 사람이 많다고 생각했지만, 막상 자금성 안에 들어서자 넓은 공간에 제각각 흩어져서 그런지 복잡하다는 인상은 없었다.

성 안에는 드넓은 광장이 펼쳐져 있었다. 광장을 가로질러 걸어가 눈앞에 보이는 문을 지나면 다시 새로운 건물과 광장이 나왔다. 가도 가도 계속해서 새로운 문과 만났다. 걷는 것도 힘들 지경이었다. 방이 무려 7,000개가 넘는다니 다 둘러보려면 하루로는 턱없이 부족했다.

문을 지날 때마다 호기심 가득했던 주현이는 금세 흥미를 잃었다. 하지만 간식을 먹고 다시 기분이 좋아져 저 멀리 달려갔다. 역시 세상에서 가장 복잡하면서도 단순한 우리 아들다웠다. 밝은 표정의 아이들을 보며 그럭저럭 순조롭게 여행을 시작했다는 안도감이 들었다. 앞으로도 이렇게만 여행할 수 있으면 얼마 좋을까. 나는 종종 이런 고민을 한다. '아이들이 좀 더 커서 사춘기가 되어도 함께 여행을 다니며 즐겁게 웃고 떠들 수 있을까?' 싶

은 것이다. 아이들이 어떻게 자랄지 상상하는 건 미지의 땅을 여행하는 것
만큼이나 두근거리고 두려운 일이다.

　내가 우리 가족의 앞날에 대해 이런 진중하고 심각한 고민을 하는 줄도
모르고 남편은 이쪽저쪽으로 자리를 이동하며 사진을 찍더니 중국의 분위
기가 나지 않는다고 했다. 중국의 거대한 스케일을 사진에 담아내고 싶은
데 그 느낌이 살지 않는다나? 어떻게 처음부터 다 만족할 수 있을까. 나는
여기저기 뛰어다니는 아이들과 욕심이 과한 남편을 추스르며 자금성 깊숙
이 들어갔다.

　하지만 깊이 들어오니 나가는 일이 막막했다. 두꺼운 패딩을 입었는데도

몸이 차가워질 정도로 추운 날이었다. 그때 서현이가 물었다.

"엄마! 가방에 핫팩 있지 않아?"

그제야 가방 속 핫팩이 생각났다. 넣어 두고 잊었는데, 역시 아이들 기억력이 더 좋았다. 이런 야무진 모습을 발견할 때면 입가가 저절로 스르르 풀렸다. 하지만 날이 워낙 추워 핫팩을 붙여도 그다지 온기가 느껴지지 않았다. 마음만 든든했다.

다행히 촉이 좋은 남편이 입구까지 되돌아가지 않아도 나갈 수 있는 문을 찾았다. 작은 문을 통해 밖으로 나오자 전혀 다른 풍경이 펼쳐졌다. 자금성의 고풍스러운 모습은 사라지고 생활감 넘치는 길목이 나타났다. 간식을 파는 노점과 식당이 가득했다. 우리는 드디어 여행에서의 첫 끼니를 해결하기 위해 발을 뗐다.

베이징은 잠시 머물다 떠나는 여행지였기 때문에 식사할 곳을 정하는 건 오로지 감에 의지했다. 우리는 호객 행위를 하는 식당을 피해 부부가 운영하는 것 같은 작은 가게로 들어갔다. 아이들은 허름한 가게를 불편해했지만 일단 주문을 하고 음식을 기다렸다. 다른 손님들의 표정을 살펴봐도 맛이 있는지 없는지 알쏭달쏭했다.

그런데 음식 맛이 의외로 훌륭했다. 동네의 숨은 맛집인가 싶었다. 허름한 식당의 불편함 따위는 잊었는지 아이들도 허겁지겁 맛있게 먹었다.

여행을 하면서 가장 우선하는 건 아이들의 상태다. 배가 고프고 피곤한 건 여행에 더불어 따라오는 근육통처럼 일상적인 일이지만 아이들은 어른보다 쉽게 지친다. 친구들과 떠난 여행이었다면 맛있는 걸 먹으면 즐겁고 맛없는 걸 먹으면 조금 아쉬운 정도겠지만, 아이들과 함께 떠난 여행에서는 한 끼 한 끼가 큰 숙제다. 그 숙제 하나를 해결해 준 고마운 맛집은 만약 자금성에 다시 온다면 또 방문하고 싶은 곳이었다. 하지만 이 가게를 다시 찾아올 수 있을까. 지인에게 추천하고 싶어도 위치를 잘 몰라 설명할 수 없는 맛집이라니, 아쉽고도 재밌다. 음식을 깨끗이 비운 우리는 인사를 하며 가게를 나왔다. 셰셰.

총명 택시를 타고
호텔로

숙소에 가기 위해 다시 택시를 타려고 했는데 시간을 잘못 맞췄는지 자주 지나가던 택시가 보이지 않았다. 걷다가 택시를 기다리다가 다시 걷다가 택시를 기다리기를 20여 분, 어느새 자금성이 저만큼 멀어졌을 때 코너에서 아슬아슬하게 택시 한 대를 만났다.

그런데 우리는 택시 안에서 또다시 난처한 상황과 마주했다. 택시 기사님이 영어로 된 호텔 주소를 읽지 못했다. 사진을 봐도 어딘지 모르겠다고 했다. 택시엔 내비게이션이 없었다. 결국 택시 기사님이 호텔 측과 통화를 하고 나서야 출발할 수 있었다. 마침 러시아워에 걸려 조금 오래 걸릴 수도 있다고 했다.

우리는 중국어를 못하고 기사님은 영어를 못하는데도 어찌어찌 말이 통했다. 특히 남편은 무슨 할 말이 그렇게 많은지 수다에 푹 빠졌다. 누가 보면 기사님과 절친한 사이라고 해도 믿을 정도였다. 잠시라도 말이 끊기면 남편은 중국어로 열심히 단어를 번역해 들려주었다. 그럼 기사님은 호탕하게 웃었다. 센스 넘치는 기사님을 향해 똑똑하다는 의미를 전달하고 싶어 번역기를 사용하니 '총명'이라고 했다. 남편은 "총명 택시"라고 치켜세우고 기사님은 기분이 좋아 또 한 번 웃음을 터트렸다. 남편은 기사님이 무슨 말을 할 때마다 "총명"을 외쳤다.

"두 분 절친 되셨네."

마치 내가 지인인 두 사람이 탄 택시에 동승한 손님이라도 된 것 같았다. 얼굴이며 목소리는 분명 같은 사람이 맞는데, 알맹이는 내 남편이 아닌 듯했다. 남편이 이렇게 말이 많고 붙임성이 좋은 사람인 줄 처음 알았다. 반복되는 일상에서 탈출하니 긍정적인 인격이 한껏 도드라지기라도 한 건지, 낯선 남자와 여행하는 기분을 느끼며 그렇게 호텔로 향했다.

택시에서 내릴 때가 되니 기사님과 낯선 내 남편은 헤어짐을 무척이나 아쉬워했다. 여행 내내, 그리고 한국에 돌아와서도 남편은 그 택시 기사님을 잊지 못했다. 다시 만날 수 있을지 알 수 없지만, 서로에게 행복한 기억을 남겼으니 두 사람의 인연은 아마도 해피엔딩이 아닐까 싶다.

우리는 무료로 제공되는 아담한 환승호텔에서 하룻밤을 쉬고 새벽에 일어나 다시 떠날 준비를 했다. 공항까지 가는 셔틀버스를 놓치지 않기 위해서였다. 아이들은 옷도 알아서 척척 챙겨 입고, 짐도 미리 챙기고, 심지어 내 손가방까지 먼저 준비해서 들고 있었다.

"여행 온 지 하루 지났는데 벌써 다 큰 거야?"

여행이 주는 묘미인지 황당함인지, 항상 보던 가족들의 새로운 모습을 마주하게 되는 일이 종종 있다. 아이들은 불쑥 어른스러운 행동을 하고 남편은 불쑥 아이 같은 행동을 하기도 한다. 여행이 끝날 때쯤이면 아이들은 얼마나 더 성장해 있을까. 그리고 남편은 얼마나 더 웃기는 사람이 되어 있을까.

"엄마, 제대로 가는 거 맞아요?"

아직 해가 뜨지 않은 시간, 우린 마치 납치당하는 것처럼 허름한 버스에 실려 갔다. 아이들은 불안했는지 옆에 바싹 붙어 앉아 물었다. 아무 말 없이 출발했을 때와 마찬가지로 언제쯤 도착한다는 설명도 없이 달리는 버스 때문에 스릴은 한층 더 업그레이드되었다. 하지만 버스는 무사히 공항에 도착했고, 우리가 납치당하는 일도 없었다.

TMI

환승호텔을 신청하는 방법!

우리는 베이징을 경유해 아테네로 가는 에어차이나 항공권을 예약해서 환승호텔에 묵을 수 있었다. 항공권은 공식 홈페이지에서 예약했지만, 환승호텔 신청은 인터넷으로 되지 않았다. 할 수 없이 전화로 환승호텔을 신청했는데, 한국말이 가능한 상담원과 통화했다. 방 배정은 랜덤이다. 우리는 아이들 포함 4명으로 3개의 방을 배정받았다. 하지만 막상 호텔에 도착하니 가족인 우리를 하나의 방에 배정해 주었다.

60일의 지구 여행

중국 베이징 영수증

2017. 12. 29	맥도날드	85위안	13,889원
	자금성 입장료	120위안	19,608원
	베이징공항 → 자금성 택시	97위안	약 15,850원
	동안문 거리 식당	90위안	14,706원
	자금성 → 환승호텔 택시	200위안	32,680원
	라이터	2위안	약 327원
	스프라이트	5위안	817원
2017. 12. 30	베이징공항 중식당	190위안	31,046원
사용 경비 합계		789위안	약 128,923원
숙박비(무료 환승호텔)			0원
항공권(중국 경유 그리스행 에어차이나)			0원

유럽에 가다 : 그리스, 아테네

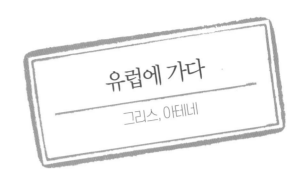

유럽에 가다

그리스, 아테네

아테네의 우리 집

　　　　　　중국에서 11시간을 비행해 그리스에 도착했다. 하지만 유럽에 왔다는 실감이 나지 않았다. 그리스에서는 우버를 이용하기로 했는데, 아무리 기다려도 차가 오지 않았다. 취소됐다는 연락이 와서 다시 시도하면 똑같은 상황이 반복되고 자꾸 시간만 흘렀다. 잔뜩 예민해진 우리는 유럽의 정취 같은 건 느낄 겨를이 없었다.

　결국 우버는 포기하고 일반 택시를 탔는데, 그리스는 공항에서 시내까지 가는 요금이 정해져 있었다. 몰랐던 정보였다. 택시 기사님이 앞자리에 붙어 있는 요금표를 보여 줬다. 바가지에 대한 신경전과 깎아야 한다는 부담감을 몹시 싫어하는 우리 부부는 그제야 마음 편하게 좌석 등받이에 몸을 기댔다. 그리스 택시에서도 남편의 수다는 이어졌다. 남편의 넓은 오지랖 덕분에 우린 택시 기사님으로부터 현지인이 아니면 알 수 없는 여행지 정보를 얻기도 했다.

　"우와! 얘들아, 저것 좀 봐! 대박!"

　숙소를 향해 가는 길에는 제우스 신전과 올림픽 경기장이 보였다. 피곤

과 긴장으로 처졌던 기분이 들뜨기 시작
했다. 책에서 봤던 신전과 경기장이 눈앞
에 있다는 게 신기했는지 아이들은 끊임
없이 재잘대며 호들갑을 떨었다. 물론 나
도 함께였다.

물가가 비싼 나라에 대비하기 위해 그리
스에서는 최대한 경비를 줄이기로 했기 때
문에 저렴한 숙소를 선택했다. 예상대로 오
래된 욕실과 낡은 가구가 우릴 맞이했다. 하
지만 생각보다 먼지도 많고 어수선한 모습에 당황했다. 그런데 의외로 아
이들은 숙소를 마음에 들어 했다. 깨끗한 걸 좋아하는 아이들인데, 다소 지
저분한 욕실에서도 군말 없이 샤워를 했다.

아이들의 반응을 응원 삼아 나는 좀 더 우리 집처럼 느껴지도록 숙소를
정리했다. 집 단장을 하듯이 가구도 좀 옮기고 욕실부터 구석구석 닦았다.
식기도 꼼꼼하게 닦아 두었다. 침구도 그다지 깨끗해 보이지는 않는데,
슬쩍 보니 남편이 재채기를 하지 않았다. 집먼지진드기에 알레르기가 있는
남편은 살아 있는 집먼지진드기 체크기이기도 하다. 그래서 침구는 그냥
사용하기로 했다. 바닥까지 다 닦고 나니 이제 내 집이 된 것 같았다.

오래되고 불편한 숙소에 당황했지만, 재건축이 거의 없는 그리스 시내
에서는 대부분의 집이 이런 모습이 아닐까 싶었다. 게다가 버스와 트램^{Tram}
이 다니는 큰길과는 3분 거리였고, 아크로폴리스까지 걸어서 10분이면 충
분히 갈 수 있어 여행객에게는 최적의 위치였다. 그리스에서부터 숙소에서

밥을 해 먹기로 했는데 마침 근처에 작은 마트도 있었다. 당연한 얘기겠지만 '여기도 사람 사는 곳이구나' 하는 생각에 알 수 없는 안도감이 들었다. 우리나라에서는 보기 힘든 가판대가 여기저기 놓인 모습을 보고 나서야 비로소 유럽에 왔다는 게 조금 실감 났다.

아테네에서 맞은 새해

반짝거리는 크리스마스트리 곁에서 사람들이 잔을 기울이며 와인을 마셨다. 멋진 의상을 차려입고 풍성한 저녁을 즐기기 위해 찾아온 손님과 반갑게 포옹을 하기도 했다. 음악이 흘러나오는

지 곧 서로 어울려 춤을 췄다. 본격적인 파티의 시작이었다.

12월 30일에 맞춰 아테네로 간 이유는 새해맞이 행사 때문이었다. 유럽에서는 새해맞이를 파티처럼 즐긴다. 특히 아테네에서 열리는 건 유럽의 3대 새해맞이 행사 중 하나라고 한다. 행사장에 가기 위해 준비를 하는데, 건너편 집에서는 이미 파티가 한창이었다. 반짝이는 조명 속에서 오가는 와인잔과 멋지게 차려입은 사람들의 모습이 마치 영화 속 한 장면 같았다. 이렇게 여행을 떠나오지 않았다면 아마 우린 텔레비전을 보며 제야의 종소리만 기다리고 있었겠지.

새해맞이 행사를 보는 건 남편의 위시리스트 중 하나였다. 우린 남편의

바람을 이루기 위해 행사장으로 향했다. 무리를 따라 한참을 가다 보니 저 멀리 무대가 보이고 사람들이 북적였다. 근처 식당의 야외 테이블에 자리를 잡은 사람부터 가벼운 의자를 들고 나온 노부부까지 다양했다. 이미 신나는 노래가 흘러나오고 있었다. 행사를 즐기러 나온 이들은 대부분 현지인이었고 관광객은 많지 않았다.

적당한 곳에 자리를 잡자마자 주현이는 바닥에 가방을 깔고 주저앉아 옆에 선 내 다리에 기댔다. 아픈 건 아니었지만 통 기운이 없었다. 다들 자유롭게 행사를 즐기는 와중에도 아이들과 함께 온 가족은 아이를 챙기느라 정신이 없었다. 어디를 가나 부모의 모습은 똑같다는 생각에 웃음이 났다.

남편은 서현이를 목말 태웠다. 서현이는 무대 사진을 찍으며 즐거워했다. 가방을 깔고 앉아 살며시 잠들었던 주현이도 카운트다운이 시작되자 갑자기 일어나 웃으며 나를 올려다봤다.

"우리 아들 살아 있었구나!"

지극히 사소하지만 애틋하고 사랑스러운 순간이 있다. 그런 순간은 보통의 일상에서도 가끔 찾아오지만, 여행지에서는 좀 더 자주 찾아오는 것 같다. 한 번도 와 본 적 없는 낯선 나라에서 가장 사랑하는 이들과 축제를 즐기며 웃을 수 있다는 게 작은 기적처럼 느껴지는 그런 말랑말랑한 순간들 말이다. 내가 아이들까지 다 거둬 가며 기어이 여행을 떠난 이유, 그리고 계속해서 떠나야겠다고 다짐하는 이유도 바로 그런 사랑스러운 순간들 때문이기도 하다.

영화에서는 대부분 이런 애틋한 순간에 그 장면이 마무리되고 다음 장면으로 넘어가기 마련이다. 하지만 현실은 영화가 아니었기에 불꽃놀이를 보기 위해 자리를 나선 우리는 인파에 이리 떠밀리고 저리 떠밀렸다. 기운 없는 아들을 둘러업은 나는 잡고 있던 서현이의 손을 놓쳐 남편과 서현이를

먼저 보내고 말았다. 허둥대며 남편과 서현이를 찾았지만 이미 꽤 멀어졌는지 모습이 보이지 않았다.

그때 문득 혹시 인파에 휩쓸려 헤어지게 되면 입구에 보이는 나무 앞에서 만나자고 했던 남편의 말이 떠올랐다. 뭐 별일 있을까 싶어 대충

60일의 지구 여행

알았다고 했는데, 그 약속이 없었으면 어쩔 뻔했을지 아찔했다. 나무 밑에서 으쓱한 표정으로 우릴 기다리고 있을 남편의 얼굴을 떠올리며 발걸음을 서둘렀다.

아! 특별한 일이 없었는데도 주현이의 컨디션이 급격히 떨어졌던 이유는 바로 시차 때문이었다! 역시 사람의 몸은 정확했다.

음료수 원정대

새해 첫날에는 시내 투어를 하기로 했다. 먼저 아크로폴리스 박물관에 가기로 했는데 1월 1일을 맞아 휴관이었다. 일 년에 딱 5일 정도 쉰다는데 하필 우리가 그중 하루에 방문한 것이다. 그래서 우리는 첫날 택시 기사님이 추천해 주었던 여행지에 가 보기로 했다.

"이틀 동안 어른 두 명 가격이면 돼요. 그리스 바다도 갈 수 있어요!"

택시를 기다리는데 노란 옷을 입은 키 큰 청년이 다가와 투어버스를 이용할 생각이 없냐고 물었다. 2일 동안 어른 두 명의 비용만 내면 아이들은 무료고 바다에도 갈 수 있다고 했다. 40유로에 이틀간 네 명의 교통비가 해결된다니 마다할 이유가 없었다.

현금으로 결제하고 영수증을 받았다. 영수증이 티켓이라고 해서 가방에 잘 넣어 두었다. 나중에 팸플릿을 확인해 보니 우리가 특히 저렴하게 결제한 것 같아서 뒤늦게 뿌듯함이 밀려왔다. 난 왜 이렇게 돈을 아끼는 것에 희열을 느끼는 걸까.

버스 출발까지는 25분 정도 여유가 있어 주현이와 서현이가 음료수를 사러 다녀오기로 했다. 5유로를 챙긴 둘은 서로 손을 잡고 지나쳐 왔던 가

판대를 향해 비장하게 걸어갔다. 아직도 한없이 어린 아들이지만 동생의 손을 잡고 가는 뒷모습을 보니 의외의 듬직함에 뿌듯했다가 웃겼다가 했다. 음료수 구입 원정이라도 떠나는 것 같은 모양새였다.

"엄마, 음료수가 없어요."

하지만 의기양양하게 걸어갔던 둘은 빈손으로 돌아왔다. 냉장고를 못 보고 음료수가 없다고 생각한 것이다. 할 수 없이 가방을 정리하고 있는 남편을 두고 이번엔 셋

이 다시 음료수 원정을 떠났다.

냉장고를 알려 주고 음료수를 고르게 한 다음 직접 결제해 보라고 아이들을 떠밀었다. 여행을 떠나오고 훌쩍 큰 것 같았던 아이들은 울상을 지으며 어떻게 하냐고 했다. 다시 품 안의 우리 아이들로 돌아온 것 같았다.

나는 "하우 머치 이즈 잇?"이라고 물어본 다음 돈을 내면서 "땡큐"를 하라고 지령을 내린 후 멀찍이 떨어졌다. 역시 오빠는 오빠인지 주현이가 과

투어버스와 가이드 투어

투어버스 투어버스는 유럽 전역에서 쉽게 만날 수 있다. 가격에 따라 1일권, 2~3일권이 나눠지고 코스도 선택 가능하다. 주요 관광지를 순환하며 원하는 곳에서 내리고 관광한 후 다음 버스를 타면 된다. 주요 관광지의 위치를 한눈에 볼 수 있어 도시를 파악하는 데 좋다. 서울 시티투어버스와 비슷하다고 생각하면 된다.

가이드 투어 유로자전거나라, 마이리얼트립, 에어비앤비트립 등 다양한 가이드 투어가 있다. '아는 만큼 보인다'는 말처럼 현지 가이드가 안내하는 루트와 역사를 들으며 여행하면 이해도가 높아진다. 비상 상황이 닥치면 이용했던 가이드 회사에 도움을 청할 수도 있다. 나라나 도시에 따라 가격이 달라지기 때문에 원하는 지역의 가이드 투어 가격을 비교해 보는 것이 좋다. 우리 가족의 경우 아테네는 가이드 투어 비용이 너무 비싸서 투어버스를 이용했다. 참고로 이탈리아 피렌체와 바티칸의 가이드 투어 비용은 4명에 25만 원 정도로 저렴한 편이다.

감하게 나섰다. 얼마냐고 묻고 돈을 건네는 오빠를 지켜보던 서현이도 지기 싫었는지 힘차게 땡큐를 함께 외쳤다.

부자간의 신경전

투어버스 2층에 올라 시원한 바람을 맞으며 여기저기 펼쳐진 유적들을 구경하는 재미가 쏠쏠했다. 가고 싶어서 떠난 여행이지만 놓을 수 없는 긴장과 부담은 항상 따라온다. 하지만 그걸 잠시 내려놓고 새로운 공기와 풍경을 마음껏 즐기게 되는 그 순간이 너무나 중독적이다.

투어버스를 타고 한 바퀴를 돌아본 다음 남편은 이제 어떻게 여행을 해야 할지 알겠다며 우리가 원하던 곳으로 가자고 했다. 바로 택시 기사님이 추천해 준 리카비토스^{Lycabettus}산이었다. 아이들과 함께 걸어서 올라가면 힘들 테니 택시를 타라고 했지만, 이미 투어버스를 결제한 우리는 걸어서 올라가기로 했다.

길을 물어서 일단 교회가 있다는 곳으로 향했다. 종종 올라가는 사람들이 보였지만, 표지판도 없고 모두 헤매는 중인 듯했다. 우리는 눈치껏 지도와 휴대폰을 보며 올라가는 가족을 따라갔다. 인근에 관광지는 리카비토스 산 하나뿐이라 아마도 목적지는 같을 것이다. 그런데 가도 가도 끝이 없었다. 왜 택시를 타고 올라가라고 했는지 알 것 같았지만, 이미 엎질러진 물이었다.

걷고 또 걸어서 겨우 길을 찾았는데 이번엔 어마어마한 계단이 나타났다. '주변에 사람들이 사는 집도 많은데 장을 봐서 걸어 올라가려면 무척이나 힘들겠다'는 주부 같은 생각을 하면서 수행하듯이 계단을 올랐다. 그렇게 30분을 올라가니 드디어 케이블카가 나왔다. 하지만 거리가 짧아서 우리는 마저 걷기로 했다.

그런데 길을 따라가다 보니 한 걸음씩 나아갈 때마다 놀라운 광경이 펼쳐졌다. 탁 트인 풍경에 눈이 시원했다. 아테네는 높은 건물을 지을 수 없어 도시가 넓어지고 있다고 했는데, 바로 그 넓은 도시의 전경이 한눈에 들어왔다. 케이블카를 타지 않길 잘했다. 감히 아테네에 온다면 꼭 와 봐야 할 곳이라고 말하고 싶은 풍경이었다.

정상에 위치한 교회는 생각보다 아담했는데, 360도 파노라마로 풍경을 볼 수 있는 전망대 역할을 하고 있었다. 아름다운 풍경과 함께 있는 교회는 한 폭의 그림 같았다. 사람들은 난간에 앉아 쉬거나 사진을 찍었다. 우리도 교회에 잠시 들렀다가 가족사진을 찍었다.

내려갈 때도 풍경은 아름다웠다. 높은 건물이 없는 것도 좋았다. 남편은 또 사진을 찍고 싶어 했지만, 올라가면서부터 이미 지쳤던 주현이가 협조하지 않았다. 결국 둘은 날카로운 신경전을 벌였다. 나는 일단 무거운

카메라가 든 배낭을 지고 올라와 사진을 찍겠다고 열의를 다하는 남편의 손을 들어 주었다.

"아빠가 좋은 말로 얘기할 때 따라와 주는 것도 아들의 매너 아니니?"

하지만 아빠 닮은 아들은 굽히지 않았다. 부전자전이었다. 화가 난 남편은 씩씩대며 먼저 내려가다 선인장 가시에 발목을 찔리기까지 했다. 분위기는 더 험악해졌다. 지치고 예민한 상황을 벗어나기 위해 밥을 먹기로 했다. 하지만 뭘 먹느냐로 또 실랑이가 이어졌다.

투어버스를 타는 곳으로 내려올 때까지 뭘 먹을지 결정하지 못했다. 결국 남편이 한발 물러나 아들이 먹고 싶다고 한 햄버거를 먹기로 했다. 번화가에 내려 눈에 띄는 햄버거 가게에 들어가려고 했는데, 멀리서 KFC가 보였다. 한국에서도 우리 가족은 아이들의 컨디션이 떨어지면 햄버거를 먹으

지도가 필요할 때는 투어버스 팸플릿을 이용하자!
처음 방문한 도시라면 공항 인포메이션에서 안내 책자를 챙기기 마련이다. 그런데 공항에 안내 책자가 없다면 투어버스 안내소를 찾는 것도 좋다. 투어버스 팸플릿에는 그 도시의 주요 관광지와 코스가 상세하게 나와 있다.

러 갔다. 우리 가족의 솔푸드$^{Soul\ Food}$라고나 할까. 자리에 앉아 음식을 기다리니 두 남자 모두 기분이 풀어진 것 같았다. 정말 웃기는 부자였다. 에너지를 보충하자 다시 힘이 나는지 남편은 숙소까지 걸어갈 수 있는 거리라며 따라오라고 했다. 아들이랑 싸우고 씩씩대다가 선인장 가시에 찔려 놓고 금세 의기양양한 모습이 조금은 귀여웠다.

아테네에서 만난
인생 맛집

투어버스 두 번째 날에는 아크로폴리스에
갔다가 바다에 가기로 했다. 아크로폴리스는 입장료가 있다. 아이들은 무
료지만 성인은 20유로를 내야 한다. 조금 비싸다고 생각했는데 그리스 경
제가 힘들어져 점차 가격을 올리고 있다고 했다.

아크로폴리스로 들어가니 헤로데스 아티쿠스^{Herodes Atticus} 극장이 보였다.
마치 과거로 시간 여행을 온 것 같았다. 계단을 올라 신전 입구를 지나자
텔레비전에서 봤던 유네스코 세계문화유산 1호인 파르테논^{Parthenon} 신전이
그 모습을 드러냈다. 파르테논 신전의 모양을 본떠 유네스코 마크를 만들

었다고 했는데, 직접 와서 보니 감동이 배가 됐다.

파란 하늘과 어우러진 파르테논 신전은 말 그대로 웅장했다. 발을 들이는 순간, 왜 이 산에 신전을 지었는지 단번에 이해되는 기분이었다. 이곳에서 기도를 한다면 신이 바로 그 기도를 듣지 않을까 싶었다. 신이 사는 곳을 하늘 아래로 옮겨 놓은 게 파르테논의 모습이 아니었을까. 사진이나 말로는 설명하기 힘든 느낌에 두근거림을 안고 우리는 다시 투어버스에 올랐다. 바다에 갈 차례였다.

여행 전 아테네에 대해 찾아보다가 내가 가장 마음을 빼앗겼던 건 그리스의 바다였다. 대중교통으로도 쉽게 바다에 갈 수 있다는 글을 보고 나도 그곳에 가고 싶다고 생각했다.

모자가 날아갈 만큼 거센 바람이 느껴지는 투어버스 2층 좌석에 앉아 바다로 향했다. 시내를 벗어나니 바로 바다가 나왔다. 바람은 차가웠지만 탁 트인 풍경이 마음을 너그럽게 했다. 그림처럼 아름다운 지중해의 모습은 익숙하면서도 낯설었다. 버스 옆에서는 트램이 함께 바다로 내달렸다. 버스 곁으로 스쳐 지나는 바다는 시시각각 다른 색을 선보였다.

정류장에 내려 길을 따라 걸으니 금방 발을 담글 수 있는 바다에 닿았다. 주현이는 모래성을 쌓고, 서현이는 바닷물에 발을 담갔다. 나는 준비해 온 돗자리를 깔고 앉아 아이들을 구경하다가 책을 읽었다. 남편은 그 모든 걸 사진으로 남겼다. 아마도 그림 같은 풍경이라는 건 이런 분위기를 말하는 거겠지. 이런 곳에 트램을 타고 편하게 올 수 있는 그리스 사람들이 부러운 순간이었다.

그날의 마지막 일정은 주현이가 트립어드바이저에서 고른 맛집에 가는

것이었다. 주현이는 아기였을 때부터 선택에 남다른 소질이 있었다. 물론 선택에도 소질이 있는지는 잘 모르겠지만 말이다. 낯선 음식을 고를 때도 실패가 거의 없었고, 쇼핑을 할 때도 항상 품질이 좋은 제품을 골랐다. 내가 꼭 팔불출 엄마라서가 아니라 정말 타고난 선택꾼이었다. 바로 그 아들이 고른 식당은 모나스티라키Monastiraki 광장에 있었다.

식당 안에서는 두 명의 악사가 악기를 조율하고 있었다. 음악을 들으며 식사를 하다니, 이보다 낭만적일 수 있을까. 기대감 속에 시작된 저녁 식사는 대만족이었다. 특히 서현이가 고른 목살 스테이크는 조금 과장해서 정신이 혼미할 정도로 맛있었다.

식사를 하고 있는데, 다른 관광객들이 식당으로 들어섰다. 모두 같은 표정이었다. '관광지라 비싸진 않을까? 맛없을 것 같은데…' 하는 그 표정 말이다. 나 역시 식당에 들어설 때는 같은 표정이었기 때문에 별다른 말이 없어도 너무 잘 알 수 있었다. 그들을 향해 오지랖 넓게 '이 집 정말 맛있어요! 걱정 말고 들어오세요!'라고 외치고 싶은 심정이었다. 실제로는 마음속으로 아주 작게 외쳤을 뿐이었지만.

신이 사랑한
도시를 떠나며

　　　　　　　기대했던 아크로폴리스 박물관은 생각보다
실망스러웠다. 입장부터 친절한 분위기는 아니었는데 유물들은 생각보다 보
존 상태가 좋지 않았고, 조금 가까이서 보려고 하면 제지를 했다. 전쟁에 패
한 그리스는 많은 유적을 약탈당했고, 박물관에는 훼손된 유물이 많았다. 코
가 없고 목이 잘린 조각상 천지였다. 감탄보다는 쓸쓸한 느낌이 더 컸다. 다
만, 창가에 펼쳐진 아크로폴리스의 전경만큼은 굉장히 아름다웠다.

　　아크로폴리스 박물관에서 5분 정도 걸어 내려오면 제우스 신전이 나오

고, 제우스 신전을 끼고 다시 10분 정도 걷다 보면 올림픽 경기장이 나온 다. 우리는 경기장을 지나 국립공원을 가로질러 자피온Zappeion으로 갔다. 자 피온은 제1회 근대올림픽의 본부였던 곳이다. 지금은 국제회의장과 전시 장으로 사용되고 있었다.

　기대 없이 왔는데 시야가 뻥 뚫려 있어 눈이 상쾌했다. 계단에 앉아 쉬는 청년들의 모습이 멋져 보여 남편에게 물었다.

　"여보, 나도 저런 분위기야?"

　"아니, 누가 봐도 관광객."

　단호한 남편의 말을 뒤로 하고 웨딩 사진을 찍으러 온 듯한 커플을 보면서 나도 저런 때가 있었다는 걸 추억했다. 아마 시간이 흐르면 아테네 한복 판에서 이런 생각을 했다는 걸 추억하는 날이 찾아오겠지. 신들과 함께 있는 공간이라 그런지 자피온의 하늘은 유독 아름다웠다.

시내를 한 바퀴 돌아보고 다시 아크로폴리스 박물관으로 가는 길을 따라 걷는데, 하늘하늘 비눗방울이 날아왔다. 한 남자가 길에서 커다란 비눗방 울을 만들고 있었다. 남자가 만들어 낸 투명한 비눗방울은 바람을 타고 아 테네의 공기 속으로 스며들었다. 아이들이 행복해하는 모습을 보며 자신이 더 즐거워하는 것 같았다. 우린 소박한 차림새의 남자 앞에 동전을 놓았다. 그는 비눗방울을 만들며 세계를 여행하고 있다고 했다. 사람마다 수많은 이야기가 있듯이 여행하는 방법도 가지각색이다. 버스킹을 하거나 현지에 서 일을 하며 여행을 하는 이들이 있고, 우리처럼 계획적으로 돈을 모아 여 행을 하는 사람도 있다. 그 남자는 독특하게도 비눗방울을 택했다.

'그런 게 정말 가능할까?' 싶은 여행, 혹은 인생을 사는 이들을 종종 만나 게 된다. 그럴 때면 신기하면서도 대단하다는 생각이 든다. 비눗방울을 보 고 기분이 한층 좋아진 아이들에게 아저씨는 비눗방울을 만들며 여행 중이 라고 말해 주었다. 아이들은 눈이 휘둥그레졌다.

"엄마 생각엔 참 멋지고 대단한 분인 것 같아. 여행을 위해 비눗방 울을 선택했잖아. 구걸을 하거나 안 좋은 방법을 선택할 수도 있었 을 텐데, 비눗방울을 만들어 돈을 벌겠다고 마음먹은 게 신기했어.

어떻게 비눗방울을 생각할 수 있었을까?"

그리스를 떠나기 위해 공항으로 가는 길에는 다시 택시를 탔다. 비염이 있는 주현이가 코를 훌쩍거렸더니 기사님은 티 나지 않게 히터를 올렸다. 아마 추워서 훌쩍거린다고 생각한 것 같았다. 내릴 때쯤에는 그리스가 좋았냐며 어디서 왔는지 얼마나 여행을 하는지 물었다.

"아빠가 어떻게 두 달을 뺐어요?"

두 달이라 대답하니 이런 질문이 돌아왔다. 세계 어디에서든 아빠는 바쁘고 시간을 내기 어려운 사람인가 보다. 기사님은 웃는 얼굴로 좋은 여행을 하라고 말하면서 우리 배낭을 내려 주었다. 친절에 약한 남편은 은근 감동한 눈치였다.

그러나 우리가 친절한 인상을 받은 것과는 별개로 그리스의 경제는 마치 멈춰 있는 것 같았다. 발전을 위해 움직인다거나 새로운 변화를 준비하고 있다는 느낌이 전혀 없었다. 그리스의 중심인 아테네에 머물렀지만 유럽의 변방 도시를 여행하는 것 같기도 했다. 사실 그리스에 대한 첫인상은 고대의 신전이 아니라 그라피티^{Graffiti}였다. 길거리가 온통 그라피티로 가득 차 있었다. 힘든 경제 사정과 그에 대한 불안과 불만이 그렇게 표출되고 있었다. 단속을 위해 사람을 쓰는 일도 돈이 들기 때문에 어느새 그리스는 그라피티 천지가 되었다. 유적지와 그라피티의 조화는 정말 묘했다.

그럼에도 불구하고 우리는 그리스가 참 좋았다. 동양인이라고 신기하게 쳐다보는 눈길도 없고 공격적인 행동을 하는 사람도 없어서 여행하기 편했다. 남편은 친절한 이 도시에 관광객이 너무 적다며 안타까워했다. 나는 유럽인들도 이제는 그리스에 오지 않는다는 이야기를 듣고 그리스 경제를 걱정하기까지 했다.

아테네에서는 유적지 보호와 스카이라인 및 시야 확보를 위해 높은 건물을 지을 수 없다. 땅을 파면 유적지가 나와 공사도 어렵다고 한다. 그리스 사람들은 다소 불편할지 모르지만, 여행객인 우리는 덕분에 멋진 풍경을 가슴 깊이 새기게 되었다. 한겨울에도 포근하고 깨끗한 날씨를 만끽할 수 있다니, 역시 신들이 사랑할만한 도시라고 생각했다.

그리스 아테네 영수증

2017. 12. 30	아테네공항 → 숙소 택시	38유로	48,640원
	에베레스트Everest 샌드위치	19유로	24,320원
	숙소 앞 마트(물, 콜라, 우유, 쌀, 시리얼, 과자, 햄 등)	16.68유로	약 21,350원
2017. 12. 31	코인세탁소	7유로	8,960원
	사과 2개	1.5유로	1,920원
	마이마켓My Market(소고기, 돼지고기, 달걀, 초코빵, 스파게티면, 쌀, 콜라, 물, 채소, 과일, 페이스트리 반죽 등)	40.19유로	약 51,443원
	H&M(주현이, 서현이 옷)	150.91유로	약 193,165원
	H&M(내 옷)	91.97유로	약 117,722원
	H&M(남편 옷)	74.97유로	약 95,962원
	그리스 길거리 간식	1.5유로	1,920원
	한식당 도시락	57유로	72,960원
2018. 01. 01	물	0.5유로	640원
	투어버스 2일	40유로	51,200원
	음료수	3유로	3,840원
	KFC	22.97유로	약 29,402원
2018. 01. 02	아크로폴리스 입장료	20유로	25,600원
	길거리 과자	2유로	2,560원
	왕도너츠	3유로	3,840원
	페이스트리, 물	2.2유로	2,816원
	마이안드로스Maiandros 스테이크	38.5유로	49,280원
	풀스푼Fullspoon 젤라또 2개	4.8유로	6,144원
2018. 01. 03	에베레스트 샌드위치	8.55유로	10,944원
	아크로폴리스 박물관 입장료	16유로	20,480원
	마이마켓 (라면, 연어)	13유로	16,640원
	코인세탁소	12유로	15,360원
2018. 01. 04	숙소 → 아테네공항 택시	38유로	48,640원
	콜라	3.6유로	4,608원
사용 경비 합계		726.84유로	약 930,356원
숙박비			135,000원
항공권(에어차이나)			1,380,000원

친구를 만나러 갑니다 : 터키, 이스탄불

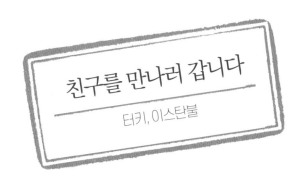

친구를 만나러 갑니다

터키, 이스탄불

터키에서 만난
반가운 얼굴

터키로 향하는 길은 마음이 편했다. 친구를 만나러 가는 것이기 때문이었다. 카우치서핑으로 우리 집에 머물렀던 메르베는 우리나라 사람만큼이나 한국말을 잘했다. 우리 역사와 문화에도 관심이 많았다. 메르베를 처음 만났을 때는 우리가 세계 여행을 구상만 하고 있던 시기라 터키에서 다시 만날 수 있을 거라고는 생각하지 못했다. 막연하게 세계 여행을 가게 되면 다시 만나자고 약속했는데, 마침 우리가 여행을 떠나는 시기에 메르베도 이스탄불에서 일주일을 머문다고 했다. 메르베가 끓여 줬던 터키식 토마토 수프를 주현이가 참 좋아했는데, 그 수프를 다시 먹을 수 있을까? 메르베를 만나러 가는 길이 무척 설렜다.

터키항공은 입국 수속이 빨랐다. 비행기에 타자마자 아이들에게 나무로 된 비행기와 승무원 모형의 피규어를 선물로 주기도 했다. 실용주의자인 나는 피규어가 담긴 면 주머니가 마음에 들었다. 기내식으로 나온 샌드위치도 최고였다. 빵도 부드럽고 치즈 맛도 좋았는데, 토마토마저 신선했다.

커피를 주문하니 우유까지 넣어 주었다. 터키에 발 디디기 전부터 느낌이 좋았다.

공항에 마중 나와 있겠다고 한 메르베가 기다릴까 싶어 서둘러 입국장을 나왔다. 많은 사람들이 이름을 적은 종이를 들고 저마다 누군가를 기다리고 있었다. 그 사이에서 반가운 얼굴을 찾았지만 보이지 않았다. 이스탄불에 내리자마자 영화 속 한 장면처럼 공항에서 메르베를 만나 포옹하는 모습을 연출할 생각이었던 나는 예상하지 못한 상황에 당황했다. '어디 있지?' '시간을 잘못 알았나?' '혹시 못 오는 건가?' 수많은 생각이 들었다.

우리는 한국에서 유럽 유심을 구매했는데 터키에서는 사용할 수 없었다. 일단 공항에서 메르베를 만나고 함께 숙소로 이동해 근처에서 유심을 살 계획이었다. 하지만 메르베를 만나지 못하고 유심이 없어서 당장 연락을 할 수도 없었다. 메르베와 연락하기 위해 먼저 유심을 사야 하나 싶었다. 그때 누군가 우릴 불러 세웠다.

메르베는 입국장에서 한참을 기다려도 우리가 나오지 않자 찾아다니고 있었다고 했다. 포옹할 정신도 없고 그냥 만나서 다행이란 생각만 했다. 공항에서의 30분이 세 시간처럼 느껴졌다.

우리는 메르베를 따라 마치 현지인처럼 지하철을 타고 숙소가 있는 블루모스크^{Blue Mosque}(술탄 아흐메트^{Sultan Ahmet} 1세 사원)로 향했다. 메르베는 항상 히잡^{Hijab}을 쓰고 있어서 터키에 오면 모두 히잡을 쓰고 있을 줄 알았다. 하지만 안 쓰고 있는 사람도 상당했다. 메르베에게 물어보니 터키에서는 본인의 선택으로 히잡을 쓴다고 했다. 어른 세대에도 안 쓰는 사람이 있고, 젊은 세대 중에도 쓰는 사람이 있었다.

지하철 창밖으로 보이는 터키의 모습은 그리스와 전혀 달랐다. 높은 빌딩과 세련된 건물이 가득했다. 비로소 또 다른 땅에 도착했다는 걸 실감했다.

터키의 정취와 최고의 풍경

숙소 바로 앞에는 블루모스크가 있었다. 이슬람 사원이기 때문에 반바지와 민소매는 금지였고, 여성은 머리를 스카프로 가려야 했다. 나는 서현이의 목도리를 머리에 두르고 신발을 벗어 봉지에 넣었다. 마침 기도 시간이라 여행객은 입장할 수 없었지만 동행한 메르베 덕에 들어갈 수 있었다.

　"기도하는 모습도 우리 문화인데, 한국에서 온 친구들에게 보여 주고 싶어요."

　메르베의 말에 사원 관계자는 흔쾌히 승낙했다.

　우리는 조용히 기도하는 모습을 지켜봤다. 공기 중에 울려 퍼지는 아잔 소리가 야릇한 느낌을 줬다. 마치 공중에 붕 떠 있는 것 같은 이상한 감각이었다. 남편은 이스탄불에서 가장 인상적인 게 아잔 소리라고 했는데, 나 역시 마찬가지였다. 이슬람교도가 아닌데도 아잔 소리를 들으면 마음이 편안해지면서 신이 가만히 손을 내밀고 있는 것 같다는 생각을 하곤 했다.

　우리를 흔쾌히 맞아 준 블루모스크에 약간의 돈을 기부하고 식사를 하기 위해 다음 장소로 이동했다.

'타리히 쾨프테시시Tarihi Koftecisi'라는 이름의 가게는 무려 100년이 넘은 식당이었다. 터키의 유명인들도 자주 찾는 맛집이라고 했다.

메르베의 추천을 받아 터키의 전통 소고기 요리인 쾨프테Kofte와 샐러드, 그리고 터키 요구르트 아이란Ayran을 주문했다. 길쭉한 떡갈비처럼 생긴 쾨프테에는 고추장아찌와 빨간 소스가 곁들여 나왔다. 호기심에 먼저 한 입 먹었는데, 맛있었다.

"이거 완전 내 스타일인데?"

우유로 만든 요구르트에 소금과 물을 넣어 만든 아이란은 아이들 입에는

맞지 않았지만, 발효 음식을 좋아하는 남편은 맛있다며 두 통이나 먹었다. 함께 나온 고추장아찌는 딱 한국 맛이었다. 그동안 김치를 못 먹어서 소화가 잘 안 되는 느낌이었는데 장아찌 덕에 더 맛있는 식사를 했다.

식사 후에는 여행자들이 많이 방문하는 그랜드 바자르^{Grand Bazaar}에 들렀다. 그랜드 바자르는 오래된 시장으로, 건물이 아름답지만 물건이 비싼 편이니 사지는 말고 구경만 하자는 메르베의 말에 따라 마음 편하게 구경했다. 그리고 메르베가 가장 좋아한다는 모스크로 향했다. 이스탄불 대학을 지나 한참을 걷다 보니 다리는 점점 아파 오고 날은 어두워지기 직전이었다. 깔깔거리던 아이들도 어느새 조용해졌다. 메르베가 이끄는 대로 어딘

60일의 지구 여행

지 모를 골목을 빠져나오니 그곳에 술레이마니예^{Süleymaniye}가 있었다.

관광객에게 가장 유명한 블루모스크와는 조금 떨어진 곳에 있는 이곳은 아는 사람이 적은지 한적했다. 메르베는 술레이마니예의 뒤편을 꼭 봐야 한다며 모스크를 빙 둘러 걸었다. 그리고 나는 왜 메르베가 이 모스크를 가장 사랑한다고 했는지 알 수 있었다.

"어쩐지 눈물 날 것 같아."

어둑해지는 하늘, 그리고 노을과 어우러진 바다는 말로 표현할 수 없을 만큼 놀라운 풍경이었다. 조명이 하나씩 켜지는 순간, 나도 그곳을 사랑하게 됐다. 피곤해 보이던 남편도 갑자기 눈이 동그래져서 카메라를 들었다.

그 역시 세상에서 이렇게 아름다운 광경은 처음 본다고 했다.

나는 슐레이마니예에서 본 풍경을 내가 사랑하는 모든 사람들에게 보여 주고 싶었다. 풍경을 보고 뇌에 충격을 받은 것처럼 멍해지는 느낌은 처음이었다. 여행을 떠나지 않았다면 이런 모습은 평생 볼 수 없었을 거라 생각하자 가슴이 벅찼다. 이날의 공간과 시간을 뚝 떼어서 간직해 두고 있다가 언제든 다시 꺼내 보고 싶은 심정이었다.

메르베는 사랑에 빠진 눈으로 바다와 아시아 대륙, 유럽 대륙을 바라보는 우리를 흐뭇하게 지켜봤다. 나 역시 메르베처럼 이 모스크를 가장 좋아하게 됐다고 말했더니 맑게 웃었다. 메르베는 풍경이 가장 아름다운 시간에 맞춰 모스크에 도착하기 위해 걸었다고 했다.

메르베는 이스탄불에 머무는 며칠 중에서 무려 이틀을 우리에게 내주었다. 그리고 메르베가 없었다면 갈 생각조차 못 했을 장소로 우릴 데려가 주었다. 친절한 설명은 아주 훌륭하고 비싼 덤이었다. 메르베의 설명에 따르면, 슐레이마니예는 터키의 천재 건축가 미마르 시난의 작품이라고 했다. 매우 철저한 성격이었던 시난은 모스크의 설계도를 남겨 두었고, 수리가 필요할 때마다 유용하게 사용되었다고 한다. 언제쯤 후에 어디를 수리해야 하는지도 예측해서 남겨 놓았는데, 실제로 시간이 지나면서 시난의 예상대로 건물이 낡았다고 해서 더욱더 놀라움을 주었다고 했다. 메르베가 아니었다면 터키의 아름다운 모스크와 그 뒷이야기, 그리고 제대로 된 전통 요리를 쉽게 맛볼 수 없었으리라.

달달한 홍차의 추억

이스탄불에 위치한 시르케지역Sirkeci Terminal은 과거 유럽을 가로질렀던 오리엔트 급행 열차의 종착역이다. 애거사 크리스티의 추리소설로 유명한『오리엔트 특급 살인』의 바로 그 '오리엔트 특급 열차'가 운행됐던 곳이기도 하다. 열차가 운행됐던 당시에는 파리에서 이스탄불까지 기차로 올 수 있었다고 한다. 그 열차는 많은 예술가에게 영감을 불러일으켰다. 애거사 크리스티 역시 사르케지역에 머물며 소설을 썼다.

1974년에 만들어진 〈오리엔트 특급 살인사건〉 영화도 이곳에서 촬영했다는데, 아직도 역 한편에는 애거사 크리스티와 영화를 주제로 한 전시관이 있었다. 영화를 모르는 아이들은 기차를 소재로 한 전시를 구경하느라 정신이 없었다. 추리소설과 영화를 좋아하는 나는 애거사 크리스티의 흔적과 영화를 찍었던 그 시절의 분위기를 느낄 수 있는 사진을 보며 행복했다.

메르베는 오스만 시대에 대한 자부심이 대단했다. 지금 사용하고 있는 많은 것이 오스만 시대에 개발되었거나 만들어졌다고 했다. 시르케지역에서 아시아 지구로 넘어갈 수 있는 마르마라이Marmaray도 오스만 시대에 이미 기획되었다고 하니 그 자부심을 이해할 수 있었다. 마르마라이는 세계 최초로 아시아와 유럽 대륙을 잇는 해저터널이자 철도의 이름이다. 앞선 상상력과 뛰어난 기술력으로 그토록 많은 걸 이뤄냈다니 대단하다는 생각뿐이었다. 그래서인지 후손들은 찬란했던 그 시대를 여전히 되새기고 있었다.

터키에서의 두 번째 날에는 시르케지역을 구경한 후 메르베가 추천한 이집션 바자르Egyptian Bazar 시장으로 갔다. 메르베가 자주 간다는 상점에서

로쿰^{Lokum}과 장미 오일 두 개를 샀다. 나는 물욕이 별로 없는 편인데도 피부에 좋다는 말에 덜컥 넘어갔다. 이집션 바자르의 상점에는 꿀을 비롯해 홍삼까지 있었다.

"홍차 마실래요? 내가 사 줄게요."

한참을 구경하는데 친절한 사장님이 물었다. 우린 산 것도 많지 않아서 미안한 마음에 정중하게 거절했다. 하지만 사장님은 메르베가 데려온 손님은 모두 친구라며 재차 권했다. 메르베도 시장 홍차는 비싸지 않으니 부담 갖지 말라고 했다. 시장의 상인들은 하루에 홍차를 작은 잔으로 열 잔도 넘게 마신다고 했다. 안 그래도 오는 길에 끈이 달린 쟁반을 메고 홍차를 배달하는 사람들을 봤는데, 우리 가족도 그 홍차를 마실 수 있는 건가 싶어 호기심이 생겼다.

메르베가 우리 집에 머물렀을 때 함께 홍차를 사러 간 적이 있었다. 그때 메르베는 며칠 홍차를 못 마신 상태였다. 터키인에게는 커피 금단 증상처럼 홍차 금단 증상이 있다면서 한국에 와서 홍차를 못 마시니 소화도 안 되고 머리도 아프고 밥맛도 없고 체력도 떨어지고 기운까지 없다고 했다. 평소에는 하루에 3~4잔의 홍차를 마신다고 했다. 그래서 우리는 함께 대형 마트에 가서 100개의 티백이 들어 있는 홍차를 산 다음 신나는 발걸음으로 돌아왔다.

메르베는 드디어 홍차를 마실 수 있게 되었다며 흥분했다. 우리 가족이 모두 모인 자리에서 메르베는 홍차 마시는 방법을 알려 줬다. 먼저 물을 끓이고 티백을 넣고 2~3분 기다렸다. 티백은 건져 내기 전에 꾹 눌러 진한 맛을 더했다. 그리고 취향에 따라 설탕을 1~3스푼을 넣었다. 터키 사람들은 달게 먹는 걸 좋아한다고 해서 나도 설탕을 두 스푼 넣었다. 한 모금 머금은 홍차는 몹시 맛있었다. '아, 홍차가 이런 맛이구나' 하는 걸 처음 느꼈다. 메르베는 두 번째 우린 홍차가 가장 맛있다고 했다. 우리는 메르베가 머무는 동안 그렇게 종종 티타임을 가졌다. 메르베가 가져온 터키쉬딜라이트 Turkish Delight와 함께 먹으면 더 꿀맛이었다.

　나는 메르베가 떠나고 난 후 다시 마트에 가서 메르베와 마셨던 홍차를 샀다. 하지만 100개는 너무 많았는지, 여행을 떠나올 때까지도 다 마시지 못했다.

　이집션 바자르에서 각설탕 하나를 퐁당 빠뜨린 뜨거운 홍차를 홀짝홀짝 마시며 잠깐 집에 두고 온 홍차를 떠올렸다. 홍차 한 잔에 찬바람에 얼었던 손과 몸이 금세 녹았다.

아시아 지구로 가는
탁월한 선택, 페리

　　　　　　　아시아와 유럽을 나누는 보스포루스 Bosporus 해협의 중심에 자리 잡고 있는 이스탄불은 아시아와 유럽, 이슬람과 기독교, 역사적인 것과 현대적인 것이 뒤섞여 있는 독특한 도시다.

　블루모스크 인근에 위치한 숙소 앞에서 트램을 타고 시르케지역 Sirkeci

Istasyonu에 내리면 왼쪽에 이집션 바자르와 대형 쇼핑몰이 있고, 오른쪽에 마르마라이를 탈 수 있는 티켓 판매소가 있다. 마르마라이를 타면 빠르게 아시아 지구로 갈 수 있지만, 지하로 가기 때문에 아무것도 볼 수 없다. 그래서 우리는 페리를 타고 아시아 지구에 가기로 했다.

페리를 타면 저렴한 가격으로 아시아 지구까지 갈 수 있을 뿐만 아니라 이스탄불의 아름다운 풍경을 마음껏 볼 수 있고 날아오는 갈매기에게 먹이도 줄 수도 있다. 게다가 페리는 교통카드로 탈 수 있어 편리하다. 이럴 때마다 사소한 것에도 시스템이 잘 갖춰져 있는 합리적인 도시라는 느낌이 든다.

페리는 생각보다 컸다. 사람들이 줄지어 있기에 얼마나 클까 했는데 거의 유람선 수준이었다. 우리는 페리를 타기 전에 이스탄불 사람들이 즐겨 먹는 간식인 시미트Simit와 군밤을 사서 위층에 앉았다. 시미트는 갈매기 먹

이로 주기 위해 절반만 먹고 남겼다.

"시미트를 떼서 던져 봐."

아이들은 갈매기를 기다렸다. 우리가 맨 위층으로 온 이유는 페리를 따라오는 갈매기에게 먹이를 주기 위해서였다. 시미트를 떼어 손을 내밀면 갈매기가 날아와서 먹었다. 바다로 던지면 낚아챘다. 아이들은 정말 신이 났는지 계속해서 즐겁게 웃었다. 주현이와 서현이에게 이스탄불은 술레이마니예 모스크의 풍경도 아잔 소리도 아닌, 갈매기에게 시미트를 던져 준 기억으로 남지 않을까. 그때 아이들을 흐뭇하게 지켜보던 메르베의 옷에 갈매기 똥이 떨어졌다. 아, 눈치 없는 갈매기 같으니라고. 나는 메르베의 옷을 얼른 닦아 주었다.

메르베는 페리를 타고 가면서 오르타쿄이Ortakoy 모스크에 대해 설명했다.

바다 옆에 있음에도 불구하고 바람이 방향을 바꾸는 위치에 지어져 그 위로는 갈매기가 날지 않는다고 했다. 그래서 신성한 모스크가 갈매기 똥으로 뒤덮이는 일은 없다고 했다. 아마도 터키의 과학은 모스크에서 그 정수를 볼 수 있는 것 같았다.

페리에서 내린 우리는 바다를 따라 쭉 걸어 '처녀의 탑'이라 불리는 크즈 쿨레시^{Kız Kulesi}가 보이는 곳에 도착했다. 바다가 내려다보이는 길에 늘어선 야외 카페에는 사람들이 차를 마시며 앉아 있었다. 메르베는 이곳에서 바라보는 풍경이 너무 아름다워 이스탄불에 살 때는 퇴근 후면 날마다 여기 모여 친구들과 차를 마셨다고 했다. 하루 종일 바다만 바라보고 있어도 지루하지 않다고 했다. 사람들 사이로 쟁반을 든 종업원들이 분주하게 차를 배달했다. 노점에서는 역시나 시미트를 팔고 있었다.

우린 벤치에 앉아 처녀의 탑을 바라봤다. 해 질 녘 처녀의 탑은 정말 아름다웠다. 터키의 풍경은 매번 나를 숨 막히게 했다. 나도 이곳에서 새벽까지 바다를 바라보고 싶었다. 하지만 이스탄불에 살아도 엄마라는 역할에서 벗어날 수 없는 내가 다른 사람들처럼 오래도록 이곳에 머물긴 힘들 것이다. 처음으로 가족과 함께 여행하는 게 조금 아쉽게 느껴졌다. 내가 다시 이스탄불에 온다면 그건 아마도 술레이마니예 모스크의 석양과 처녀의 탑의 노을 때문일 것이다. 두 풍경은 평생 잊을 수 없을 것 같다.

메르베의 생일 파티

메르베의 친구들과 함께 케밥으로 유명한 식당에 모였다. 케밥 가게는 바로 옆에 디저트 가게를 함께 운영하고 있었는데, 식사 후 메르베와 친구들은 디저트 가게의 분위기가 멋지다며 그쪽으로 자리를 옮기자고 했다.

디저트 가게는 마치 왕실에 온 듯 고풍스러운 분위기였다. 친구들은 당연히 홍차를 한 잔씩 마셔야 한다고 했고, 디저트도 하나씩 주문하라고 했다. 여행 전 책에서만 봤던 터키의 모든 디저트가 다 있었다. 쌀로 만든 푸딩과 닭가슴살로 만든 디저트까지도.

"해피 버스데이 투 유."

한창 웃고 떠드는 중에 잠시 화장실에 다녀온다며 자리를 비웠던 친구들이 촛불을 켠 케이크를 들고 등장했다. 알고 보니 메르베의 생일이었다. 여행을 하면서 서프라이즈 파티를 함께하게 된 것이다! 메르베도 전혀 예상하지 못했는지 깜짝 놀랐다. 사진을 찍고, SNS로 온라인 친구들에게도 파티 소식을 전했다. 자리에 함께하지 못한 남자친구와 영상 통화를 하는 모습이 몹시 행복해 보였다.

한국어, 터키어, 영어가 난무하는 생일 파티는 점점 무르익었다. 배가 터질 만큼 부른 와중에 터키의 케이크도 꼭 먹어봐야 한다는 친구들 때문에 새로운 접시를 주문하기까지 했다. 달달한 걸 좋아하는 나에게는 행복한 고문이었다. 남편과 아이들은 이미 배가 꽉 찼는지 먹다 지친 듯했다.

만난 지 얼마 되지 않았지만, 다들 오래된 친구 같아 헤어짐이 무척 아쉬웠다. 터키에 오기 전 항공권이 비싸 망설였는데 돌이켜 보니 무척 잘한 선택이었다. 물론 메르베가 없었다면 현지인이 아니면 알기 힘든 식당에 간다거나 언어나 교통을 신경 쓰지 않으면서 편하게 여행하는 일은 불가능했을 것이다. '메르베가 우리 집에 머문 2주 동안 나도 이렇게 잘해 줬던가? 이 정도는 아니었던 것 같은데?' 하는 생각이 들어 더 고마웠다.

터키의 공기는 뭔가 달랐다. 소리인지, 향인지, 어떤 기운인지 모르겠지만 묵직한 무언가가 느껴졌다. 공기 사이사이로 꽉 찬 그 무언가가 '여긴 터키야' 하는 것 같았다. 게다가 이스탄불은 무척 아름다웠다. 그 경치를 언제 다시 볼 수 있을지 알 수 없다는 사실이 정말 아쉬웠다. 빨간 지붕의 집들아, 안녕. 유럽 지구의 술레이마니예 모스크도 안녕. 새벽이 올 때까지 처녀의 탑을 바라보는 터키의 사람들도 안녕. 꼭 다시 만나기를 바라며 나는 아쉬움을 가득 남긴 채 터키를 떠났다.

60일의 지구 여행

터키 이스탄불 영수증

2018. 01. 04	타리히 쾨프테시시	107리라	30,067원
	착즙 주스 2잔	11리라	3,091원
	아가 게이트Agha Gate 찻값	29리라	8,149원
	물	1리라	281원
	서현이 립밤	5.9리라	약 1,658원
	숙소 앞 마트(달걀, 콜라, 쌀, 양파, 물, 소시지 등)	16리라	4,496원
2018. 01. 05	교통카드 충전	40리라	11,240원
	옥수수	2.5리라	약 703원
	군밤	10리라	2,810원
	이집션 바자르(터키쉬딜라이트)	20리라	5,620원
	이집션 바자르(장미 오일)	30리라	8,430원
	시미트	1.25리라	약 351원
	마도Mado 아이스크림, 차	26.5리라	약 7,447원
	빵	3.5리라	약 984원
	사과 주스	2리라	562원
	수티스Sutis 케밥	140리라	39,340원
	슈퍼마켓(아이란, 시리얼, 누들 등)	20리라	5,620원
	남편 담배	20리라	5,620원
2018. 01. 06	슈퍼마켓(오렌지, 쌀, 닭다리, 햄, 소금, 달걀 등)	33리라	9,273원
2018. 01. 07	숙소 앞 마트(고추장아찌)	3리라	843원
사용 경비 합계		521.65리라	약 146,585원
숙박비			253,102원
항공권(터키항공)			817,078원

소매치기의 천국 : 이탈리아, 로마/바티칸

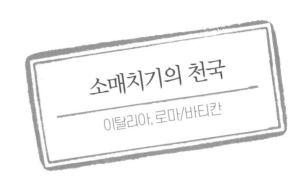

소매치기의 천국

이탈리아, 로마/바티칸

로마의 분위기와 커피

우리는 로마에서 3일을 머물렀는데, 첫날은 이동하느라 시간을 다 써 버렸다. 원래는 일주일 정도 머물 예정이었지만, 생각보다 숙박비가 비싸고 시티택스도 부담되어 일찍 떠나기로 했다. 게다가 터키로 가는 항공권을 워낙 비싸게 사서 저렴한 항공권을 찾아 아테네를 경유해 로마에 왔더니 더 시간이 없었다.

아무 생각 없이 왔으면 마음이 편했을 텐데 내가 교황님이 미사를 집전하는 수요일 오전에 바티칸에 가고 싶어 하는 바람에 초조했다. 예약을 했으면 좋았겠지만, 한국에서 떠날 때는 언제 로마에 오게 될지 확실하지 않아 예약할 수 없었다.

로마의 숙소는 번화가인 테르미니Termini역 주변이 아니라 다섯 정거장이나 떨어진 곳이었다. 다행히 폰테룬고Ponte Lungo 지하철역에 내리자마자 마트가 보여 일단 안심했다. 게다가 24

시간 영업을 하고 있었다. 숙소의 호스트는 날씨가 좋지 않을 거라며 여러 번 미안해했다.

숙소에서 빨래를 하고 식사를 한 다음 피로를 풀면서 커피를 한잔 마시려는데, 종소리가 울렸다. 이스탄불에서는 아잔 소리가 마치 저 우주 어딘가로 나를 데려가는 것 같았다면, 로마의 종소리는 갑자기 주방을 영화의 배경으로 만들었다. 환영한다는 의미의 선물이라도 받은 것 같아 마음이 들떴다.

나는 사실 커피를 잘 마시지 못하는 편이다. 예전에는 그렇지 않았던 것 같은데, 몇 년 전 평생교육원에서 바리스타 과정을 들으면서 내가 카페인에 취약하다는 걸 새삼스레 알게 됐다. 하지만 커피를 배우는 건 정말 재밌었다. 육아에 지쳐 있었을 때라 커피를 배우는 동안만이라도 다른 세상에 온 것 같은 기분이 들어 좋았다. 이제는 마음의 여유를 느끼고 싶을 때만 가끔씩 커피를 마시게 되었지만, 그래서 한잔 한잔이 더욱 특별해졌다.

여행을 계획하면서는 멋진 풍경을 보며 남편과 커피 한잔 혹은 술 한잔을 하는 소소한 즐거움을 꿈꾸기도 했다. 그런데 실제 여행에서는 그리스에서 산 0.6유로짜리 맥주 한 캔을 5일 내내 못 마시고 냉장고에 두고 왔다. 기내 음료로 커피가 나와도 가슴이 두근거리거나 머리가 아플까 싶어

여행 2주째가 되어서야 로마에서 처음으로 커피를 마셨다. 여행 초반에는 낯설고 설레는 느낌 때문에 늘 긴장 상태였다. 숙소에 돌아와도 요리를 하고 아이들의 컨디션에 신경 쓰면서 다음 항공권을 예약하느라 바빴다. 그러다가 급하게 도착한 로마에서 처음으로 마음의 여유를 느낄 수 있게

된 것이다. 테라스 밖의 멋진 경치를 바라보며 마시는 이탈리아 커피는 무척 맛있었다.

로마에서는 딱히 뭘 하지 않아도 좋았다. 물가도 저렴하고 마트에는 신선 식품부터 반조리 제품, 육류, 치즈, 장아찌 등 없는 게 없었다. 게다가 숙소는 슈퍼호스트의 집이라 구석구석 세심하게 준비되어 있었다. 단 이틀 밖에 머물 수 없다는 게 아쉬울 뿐이었다.

소매치기에 대비하는
우리의 자세

내가 여행에서 가장 중요하게 생각하는 건 안전과 건강이다. 아이들과 함께였기 때문에 예상하지 못한 상황을 즐기기보다는 일어날 수 있는 모든 상황을 미리 생각해 보고 대비했다.

이탈리아에 소매치기가 많다는 글을 마르고 닳도록 읽어서 그랬는지 도착하기 전부터 마음의 긴장감이 엄청났다. 지하철을 탔는데 배낭을 잃어버

역할 분담!

여행을 떠나기 전 우리는 각자가 주로 맡아야 하는 역할을 나눴다. 나는 짐·식사·자금 관리 등을 맡았고, 남편은 항공권 및 숙박 예약을 주로 담당했다. 아이들은 여행에 한눈팔지 말고 여행에 집중하기 및 가고 싶은 곳에 대한 의견 제시하기 같은, 역할 아닌 역할이 주어졌다. 의견 충돌이 생기면 그 부분을 주도하는 사람의 의견을 따르는 게 우리만의 규칙이었다.

렸다거나 여권을 분실했다는 얘기는 너무 흔했고, 렌터카 안에 넣어 둔 짐을 누군가 뒷문을 열어 몽땅 가져갔다는 얘기까지 사례는 무궁무진했다.

소매치기는 진화한다. 생각지도 못한 곳에서 당할 수 있기 때문에 항상 조심해야 한다. 특히 길을 찾을 때나 짐이 많은 경우 타깃이 될 수 있다. 그래서 우리는 외출할 때 적은 짐만 가지고 이동했다. 나는 그날 사용할 현금과 카드 외에는 중요한 걸 가지고 다니지 않았다. 휴대폰은 목에 걸고 카드와 현금은 복대에 넣은 다음 가방은 두고 나갔다. 남편은 카메라와 렌즈만 챙겼고, 여분의 현금은 셔츠 가슴 주머니에 넣고 그 위에 맨투맨 티셔츠를

 소매치기에 주의하는 방법

사실 아무것도 들고 다니지 않는 게 가장 좋다. 하지만 현실적으로 불가능한 일이기 때문에 일단 휴대폰이나 카메라는 무조건 목에 걸고 가방은 크로스로 멘다. 백팩은 앞으로 메는 게 좋다. 로마나 마드리드처럼 소매치기로 유명한 도시에서는 현지인들도 가방을 크로스로 메고 다닌다. 그 밖에 자물쇠나 복대 등 여행용 안전 용품을 준비해서 가져가는 것도 좋다.

그럼에도 불구하고 소매치기를 당한다면 거리의 이름을 알아 두거나 그 장소를 사진 찍어 두면 신고할 때 유용하다. 유럽에서는 소매치기를 큰 범죄로 여기지 않는 경우가 많아 경찰서에 가도 별다른 도움을 받기 어려울 수 있지만, 여행자 보험의 보상을 받기 위해 폴리스 리포트를 발급하는 게 좋다.

혹시 도망치는 소매치기를 발견해도 쫓아가는 건 좋지 않다. 좁은 골목으로 유인해 더 위험한 상황에 처할 수도 있기 때문이다.

여행용 자물쇠는 TSA LOCK 방식으로 구매하자!

미국 교통안전청(TSA)에서는 테러에 대비하여 승객의 가방을 임의로 열어 보기도 한다. 이때 TSA에서 인증한 잠금장치가 되어 있는 자물쇠는 보안 요원이 마스터키로 열고 닫으면 다시 잠긴다. 반면, TSA LOCK 방식이 아닌 자물쇠는 보안검색 시 파손될 수 있다. 그렇기 때문에 자물쇠는 TSA LOCK 방식으로 구매하는 것이 좋다.

비행기를 타고 샌프란시스코로 이동한 후 숙소에 도착해서 짐을 정리하려는데 우리 배낭을 열어 봤다는 교통안전청의 안내장이 들어 있었다. 아마 소스 등의 액체류가 있어 열어 본 것 같았다.

유형별 소매치기 총 정리!

- **레스토랑, 카페 등에서 탁자 위의 휴대폰이나 지갑을 훔치는 유형** : 잠시 한눈을 판 사이에 가져간다. 가끔 지나가는 사람이 없었는데도 물건이 사라지는 경우도 있다. 직원인 척 메뉴판을 들고 가면서 훔치기 때문이다.

- **백팩을 노리는 유형** : 파리나 이탈리아에서 백팩을 메고 다니면 2인 1조의 소매치기가 물건을 훔쳐 가는 경우가 많다. 따라서 백팩을 가져갔다면 가방을 앞으로 메는 것이 좋다.

- **설문 조사 유형** : 젊은 여성 두세 명이 짝을 이뤄서 다니며 설문 조사를 요청하면서 정신없게 만든다. 그리고 설문 조사판 아래로 손을 숨겨 가방에서 귀중품을 꺼내 간다. 실제로 마드리드의 궁전 옆 정원에서 말로만 듣던 설문 조사 부대를 봤는데, 근처에 경찰이 있어도 전혀 신경 쓰지 않는 모습이었다.

- **짐을 통째로 가져가는 유형** : 렌터카에 넣어 둔 짐을 도둑맞는 일이 생각보다 흔하다. 공항이나 붐비는 관광지에서 뒷문을 열고 자기 짐인 듯 태연하게 가져간다. 따라서 렌터카 여행 시에는 항상 문을 잠그는 것이 좋다. 한편, 지하철이

나 기차 등에서도 배낭이나 트렁크를 통째로 들고 가는 경우가 많다. 그러므로 머리 위의 선반에 짐을 올리거나 트렁크보관함에 둘 때는 꼭 와이어 자물쇠를 채우는 게 좋다.

- **버스 소매치기 유형** : 버스에서는 주로 내릴 정류장을 신경 쓰며 긴장하고 있는 여행객이 타깃이다. 백팩이나 물건이 훤히 보이는 가방을 노리는 경우가 많은데, 크로스백을 메고 있어도 한눈을 판 순간 지갑, 여권, 휴대폰 등을 도난당할 수 있다. 심지어 점퍼 안주머니나 가슴 주머니에 옷핀으로 고정해 놓은 것도 훔쳐 가는 경우가 있으니 누군가 밀착해서 다가오면 더욱 조심해야 한다.

- **물감을 뿌리는 유형** : 물감이나 음료수 등을 의도적으로 뿌리고 정신없는 틈을 타서 도와주는 척하며 물건을 훔치기도 한다. 무언가를 뿌리는 사람과 물티슈를 내밀며 친절하게 다가오는 사람으로 역할을 나누어 활동하는 경우가 많다.

- **팔찌를 채워 주는 유형** : 친근하게 다가와 선물인 것처럼 팔찌를 채워 주고 돈을 요구하기도 한다. 소매치기와는 조금 다르지만, 팔찌를 풀거나 돈을 주지 않을 경우 험악한 분위기를 연출한다. 팔찌를 들고 다니는 사람이 보이면 무조건 피하는 게 상책이다.

- **사진을 찍어 주는 유형** : 캐릭터 분장을 하고 친근하게 다가와 사진을 찍어 주는 사람들이 있다. 역시 소매치기는 아니지만, 사진을 찍은 후 돈을 요구한다. 우리는 마드리드 솔 광장^{Puerta del Sol}에서 목격했는데, 할리우드 같은 유명 관광지에서 쉽게 만날 수 있다. 돈을 내더라도 기념으로 사진을 찍고 싶은 게 아니라면 눈을 마주치지 않고 지나가는 것이 좋다.

　　　　　　　　　　　　　　　　　　60일의 지구 여행

가족 여행 프로젝트의 시작

덧입었다. 혹시 몰라 비상금을 따로 빼서 양말의 발등 부분에 넣어 두기도 했다. 여권도 복사본만 들고 다녔다.

붐비는 지하철에서 수상한 사람이 눈에 띄면 더욱 조심했다. 소매치기는 문이 닫히기 직전에 타거나 내리는 경우가 많다고 했기 때문에 그런 사람들을 특히 눈여겨봤다. 어두울 때는 되도록 돌아다니지 않았다. 이렇게 노이로제에 걸릴 정도로 철저하게 대비를 해서 그런지 다행히 악명 높은 이탈리아의 소매치기에게 당하는 일은 없었다.

여행 초반에는 누구나 긴장을 하지만 후반에는 마음이 느슨해져 눈 깜짝할 사이에 당하는 일도 많다고 한다. 그래서 우리는 이탈리아를 떠나고 나서도 항상 조심하고 또 조심했다.

콜로세움과 티투스 개선문

　　　　　　　　　　유럽에서는 비가 와도 우산을 쓰지 않는 사람들이 많다. 이탈리아 또한 마찬가지였다. 콜로세움에 가기로 한 날 비가 왔지만, 빗줄기가 거세지 않아 우리도 현지인처럼 그냥 다니기로 했다.

"우와! 엄마, 진짜 커요."

콜로세오Colosseo역 밖으로 나오자마자 콜로세움이 보였는데, 아! 그 웅장함에 감탄이 절로 나왔다. 비가 와서 그런지 콜로세움 근처에는 사람이 별로 없었다. 가까이 다가가니 오랜 세월의 흔적이 느껴졌다. 매끈하지 않은 모양새가 어쩐지 더 아름다웠다. 안으로 들어가 보지는 않았지만, 문 사이로 보이는 내부의 모습만으로도 짜릿했다. 로마 시대의 사람들이 줄을 서

서 경기장으로 입장하는 모습을 상상했다. 튜닉을 입은 사람들이 관중석에
빙 둘러앉아 치열한 경기를 관람했으리라. 마치 2,000년 전의 함성이 들리
는 것 같았다.

　그때 갑자기 비가 세차게 쏟아지기 시작했다. 우린 다급하게 근처의 나
무 밑으로 피했다. 남편이 비가 내리는 콜로세움을 동영상으로 찍고 있는
동안 나는 티투스Titus 개선문을 바라봤다. 비 때문에 잠시 멈춰서 살펴보니
아까는 보지 못했던 조각이 눈에 띄었다.

　티투스 개선문 위쪽에 있는 네 명의 조각상은 마치 눈을 깜빡일 것처럼
섬세했다. 부조로 새겨진 사람들의 모습도 곧 움직일 것처럼 사실적이었
다. 현존하는 로마의 개선문 중에서도 가장 오래된 것이라고 하는데, 얼마

60일의 지구 여행

나 정성껏 조각했는지 살아 숨 쉬는 듯 세밀한 표현은 시간의 흐름조차 무색하게 했다. 콜로세움이 투박하고 웅장하다면 티투스 개선문은 유려하고 섬세했다.

티투스 개선문을 보니 사람들이 왜 로마에 오는지 알 수 있을 것 같았다. 그리스의 아크로폴리스에서도 웅장한 건축물을 많이 봤지만, 그 어떤 것도 티투스 개선문처럼 섬세한 표현으로 눈길을 잡아채지는 못했다. 나는 동영상 찍기에 심취해 있는 남편을 불러 조각을 보게 했다. 남편도 금세 넋을 놓고 감탄했다. 로마 시대의 찬란한 유산이 우리의 눈앞에 있다는 게 실감 났다. 아마 비가 세차게 내리지 않았다면 티투스 개선문의 아름다움을 알아차리지 못했을지도 모른다고 생각하니 굵은 빗줄기마저 고마웠다.

교황님을 만나다

바티칸에서는 매주 수요일마다 교황님이 집전하는 미사가 있다고 했다. 나는 꼭 그 미사에 참석하고 싶었다. 우리는 종교가 없지만, 평화를 전파하고 평등과 선행 그리고 다양한 가치를 세계에 알리는 교황님은 종교를 떠나 존경스러운 분이었다. 하지만 바티칸에서 진행하는 미사는 예약을 해야 했다. 예약은 온라인으로 할 수 있었지만, 언제 바티칸에 가게 될지 확신이 없었던 우리는 결국 예약을 하지 못한 채 로마에 왔다. 이리저리 찾아보니 미사 당일에 스위스 경비병들이 입장 가능한 티켓 같은 종이를 나눠 준다고 했다. 우린 일단 그걸 믿고 가 보기로 했다.

숙소에서 지하철을 타고 바티칸으로 갔다. 바티칸시국에 들어가기 전 짐

검사는 필수다. 우리는 가방을 엑스레이 기계에 넣고 점퍼와 모자, 목도리를 벗었다.

나는 바티칸에 들어서자마자 압도되었다. 종교의 세계에 발을 디딘 느낌이었다. 성 베드로 광장Piazza San Pietro을 둘러싼 건물 위에서는 위엄 있는 조각상들이 아래를 내려다보고 있었다. 절로 경건해지는 느낌이었다. 죄를 지은 사람들의 세포 하나하나까지 모두 지켜보고 있는 것 같았다.

광장을 가로질러 가니 사람들이 줄을 서 있었다. 평소에는 길을 막고 광장에서 미사를 진행한다고 했는데, 어떻게 된 일인지 광장에는 아무런 준비도 되어 있지 않았다. 우린 자연스럽게 사람들이 줄을 선 곳으로 갔다. 근처에 스위스 경비병의 모습이 보였지만, 티켓을 나눠 주는 경비병은 눈에 띄지 않았다. 일단 줄을 선 다음 상황을 지켜보기로 했다. 만약 입장 티켓이 필요하다고 하면 솔직히 말하고 방법을 물어보기로 했다. 그렇게 한참 동안 줄을 서고 다시 한번 짐 검사를 받았

다. 그러는 사이 사람들이 급속도로 늘어나기 시작했다.

짐 검사를 마치고 나서 사람들을 따라 건물 안으로 들어갔다. 입장 티켓을 요구하는 사람은 없었다. 걱정했던 게 무색하게 우리 가족은 어떤 제지도 받지 않고 건물 안으로 발을 들일 수 있었다.

하필 무대 인근의 출입구로 입장을 하는 바람에 운이 좋게 단상과 가까운 곳에 앉을 수 있었다. 입장이 모두 끝나자 사람들은 카메라를 준비한 채 교황님을 기다렸다.

마침내 교황님이 길을 따라 들어왔다. TV에서 본 것처럼 교황님은 아이들에게 입을 맞추며 따스한 미소를 지었다. 드디어 계단을 올라 단상에 선 교황님은 사제들의 보고를 받았다. 그렇게 절차에 따라 예식이 진행됐다.

"여보, 울어?"

나는 교황님이 하는 그 어떤 말도 알아들을 수 없었지만, 단상 위에서 이루어지는 움직임 하나하나가 모두 감동적이었다. 기도가 시작됐을 때는 어쩐지 눈물이 나기도 했다.

교황님을 모르는 아이들은 지루한 눈치였다. '엄마는 왜 이렇게 사람도 많고 시끄럽고 정신없는 곳에 오자고 했을까?' 하는 표정이었다. 나는 아이

들에게 교황님에 대해 설명했
다. 하지만 아이들은 그저 이
시간이 빨리 지나가기를 바랄
뿐 별 관심이 없었다. 사실 곳
곳에 우리 아이들 같은 아이들
이 있었다. 나는 그 광경이 재
밌었다. 남편은 사진을 찍고

영상을 남기느라 바쁘고 아이들은 어리둥절한데, 나는 눈물이 날 정도로
감동적인 상황이 웃겼다. 같은 곳에서도 이렇게 서로 다른 감정을 느낀다
는 게 말이다.

나는 비록 천주교 신사는 아니지만, 세상을 선하게 만들기 위해 애쓰는
교황님을 보니 마음이 무척 평온해졌다. 나 역시 세상을 따뜻하게 만드는
일에 조금이라도 기여할 수 있다면 얼마나 좋을까 생각했다. 그리고 세상
에 축복을 내리는 교황님이 우리 여행도 지켜 주셨으면 좋겠다는 욕심도
조금 부려 봤다.

이탈리아 로마/바티칸 영수증

	치즈파이, 초코우유	5.9유로	7,552원
2018. 01. 08	레오나르도다빈치 국제공항 → 숙소 레오나르도 열차	16유로	20,480원
	로마 3박 시티택스	21유로	26,880원
	토디스Todis 슈퍼마켓(물, 콜라, 쌀, 우유, 망고주스, 생소시지, 소고기, 스테이크용 소고기, 삼겹살, 햄, 청포도, 사과, 미니 머핀 등)	27유로	34,560원
2018. 01. 09	숙소 ↔ 콜로세움 왕복 지하철	9유로	11,520원
	주현이 시티택스 추가	12유로	15,360원
	토디스 슈퍼마켓(물, 콜라, 쌀, 소고기, 삼겹살 초코 머핀, 초콜릿, 과자, 과일 등)	54.7유로	70,016원
2018. 01. 10	숙소 → 바티칸 지하철	4.5유로	5,760원
	맥도날드	27유로	34,560원
	바티칸 → 스페인 계단 지하철	4.5유로	5,760원
	젤라또, 피자	6유로	7,680원
	콜로세움 → 숙소 지하철	4.5유로	5,760원
2018. 01. 11	숙소 → 공항 호스트 픽업	20유로	25,600원
사용 경비 합계		212.1유로	271,488원
숙박비			172,571원
항공권(에게안항공)			699,396원

카를교에서 맞이한 프라하의 아침 : 체코, 프라하

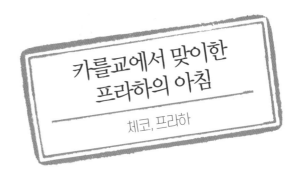

체코, 프라하

우리만의 아지트

프라하에 처음 도착했을 때 느낀 점은 친절하고 교통이 잘되어 있다는 것이었다. 숙소로 가는 버스가 서는 정류장을 몰라 길을 헤매다가 공항 인포메이션에 물었더니 친절함으로 무장한 직원이 메모까지 해 가며 자세히 길을 알려 줬다. 공항의 인포메이션은 매번 같은 질문을 받기 때문에 친절을 기대하기 어렵다고 생각했는데, 뜻하지 않은 응대에 기분이 좋았다. 공항에서 시내로 오는 길에는 환승을 해야 했지만, 안내가 잘되어 있어 어렵지 않았다.

숙소에서는 호스트가 점퍼까지 벗고 침대를 조립해 줬다. 그뿐 아니라 프라하의 모든 관광지와 맛집, 펍 등이 소개된 안내 책자를 챙겨 주기도 했다.

"맥주 좋아해요? 프라하에서는 꼭 맥주를 먹어 봐야 해요!"

체코에 대한 자부심이 대단했던 호스트는 맥주 두 캔을 서비스로 주면서 꼭 수제 맥주를 마셔 보라고 했다. 가게마다 다른 술맛을 선보이는 프라하는 물가도 저렴한 편이고 해도 빨리 져서 술을 좋아하는 사람에게는 천국 같은 곳이다. 하지만 우린 아이들과 함께라 결국 펍에 가지는 못했다.

숙소는 엘리베이터가 없는 4층
짜리 건물의 맨 위층이었다. 계단
으로 걸어 올라가는 건 힘들었지
만, 아이들은 다락방의 느낌이 나
는 숙소를 좋아했다. 아늑한 집은
뒹굴뒹굴 머물면서 대화를 하기에도 좋았다. 주방은 작았지만 깨끗하고 아
기자기해서 요리하는 재미가 쏠쏠했다. 걸어서 1분 거리에 트램 정류장이
있었고, 카를교Charles Bridge까지는 고작 3분이었다. 밤이 되면 조용하고, 치안
에 대한 걱정도 없는 최고의 아지트였다.

숙소에서 나와 카를교 쪽으로 가다가 왼쪽으로 방향을 틀면 놀이터가 나타
났다. 카를교에서도 내려다보이는 이 놀이터를 방문하는 사람은 거의 현지인
뿐이었다. 아이들 때문에 새로운 도시에 갈 때마다 새로운 놀이터도 방문해
야 했는데, 그중에서도 프라하의 놀이터는 단연 최고였다. 서현이는 엉덩이
가 쏙 들어가는 뱅글뱅글 놀이 기구가 얼마나 재밌었는지 매일 아침 눈 뜨자
마자 놀이터에 가자고 성화였다.

놀이터를 지나 조금 더 가면 카프카 박물관이 나왔다. 그리고 카프카 박
물관을 지나면 야생 오리와 백조를 볼 수 있는 강가가 나왔다. 아이들은 숙
소 옆 마트에서 빵을 사서 백조를 만나러 갔다. 아이들에게는 놀이터에서
놀다가 빵을 들고 강가에 가는 게 세상에서 가장 행복한 외출이었다. 주현
이가 새에게 빵을 주기 위해 손을 내밀면 서현이가 그 모습을 사진으로 찍
었다. 우리는 그렇게 프라하에 머문 7일 중 무려 5일이나 백조를 보기 위
해 강가로 가야 했다.

프라하의 야경은 봐도 봐도 질리 지 않았다. 저녁이면 노란 조명이 별 처럼 흔들렸다. 프라하에서는 밤이 빨리 찾아와 오후 4시 반 무렵부터 해가 지기 시작했다. 밤은 길었고 해 야 할 일은 많지 않았다. 기껏해야 다음 날 입을 옷을 말려 두는 정도였다. 그래 서 우리 넷은 큰 침대에 누워 하릴없이 수다 를 떨었다. 아이들은 쿠션을 모아 자기들만 의 작은 아지트를 만들어 놓고 그 안에서 책

을 읽거나 종이접기를 하기도 했다. 뭐가 그렇게 재밌는지 내복 차림으로 깔깔거리는 웃음소리를 들으며 푹신한 침대에 누우면 천국이 따로 없었다. 원래 집에 있는 걸 좋아하는 집돌이 남편도 프라하에서의 일상을 무척 만 족스러워했다.

밤이 빨리 찾아오니 잠드 는 시간도 빨랐다. 푹 자고 일어나도 밖은 깜깜했다. 우 리나라에서와는 다르게 시 간이 천천히 흐르는 느낌이 었다. 잠시 동면을 맞이한 듯 그렇게 보낸 일주일은 더없 이 완벽하고 행복했다.

여행의 질을 높이려면 숙소의 위치를 고민해야 한다!

네 명의 가족이 여행하면 교통비도 만만치 않다. 여행 일자에 대중교통 비용을 곱해
보면 차라리 관광지 근처에 조금 더 비싼 숙소를 잡는 게 돈과 시간, 그리고 체력까지
아끼는 방법이 될 수 있다. 대중교통을 이용해서 관광지까지 이동해야 하는 숙소는
여행의 질을 떨어뜨렸다. 하지만 프라하처럼 관광지에서 가까운 숙소를 예약하면 원
하는 대로 일정을 조절하면서 만족도 높은 여행을 할 수 있다.

동전을 챙겨 두는 게 좋다!

프라하의 트램 승차권 판매 자판기는 동전만 사용할 수 있다. 또한, 지하철을 탈 때도
카드나 지폐로는 결제가 안 되고 동전만 가능한 경우가 있다. 시간이 촉박할 때 주위
에 동전을 바꿀 수 있는 곳이 없으면 의외로 당황스러운 상황에 직면하게 된다. 이럴
때 동전을 미리 준비해 두면 매우 유용하다.

꼭 프라하가 아니더라도 이런 경우를 마주할 수 있으니 여행 중에는 되도록 동전을
준비해 두는 것이 좋다. 간혹 거스름돈이 나오지 않는 대중교통 자판기가 있는 나라
도 있다.

각 나라별 동전은 기념품이 될 수도 있어 간직하는 의미가 있다. 길거리 공연 등을 관람
하게 될 때도 동전이 있으면 쉽게 기부를 할 수 있다. 하지만 무게 때문에 가지고 다니
기 번거롭다면 도시를 떠나기 전에 공항에서 간식을 사는 데 사용하는 것도 좋다. 다만,
비행기를 타기 전까지는 언제 동전이 필요할지 모르니 지참하는 게 편하다.

카를교의 아침과 조깅

　　　　　　　　나는 여행을 떠나면서 몇 가지 계획을 세웠
는데, 그중 하나는 조깅이었다. 영화를 보면 아침에 일어나 멋진 풍경을 배
경으로 조깅하는 주인공이 종종 나온다. 바로 그게 내 사소한 로망 중 하나
였다. 나는 프라하에서 그 로망을 실현하기로 했다. 그러나 아침에 일어나
가볍게 뛰고 들어오겠다는 계획은 의외로 실행에 옮기기 힘들었다. 날마다
아이들을 먼저 챙기다 보니 아침 시간이 훌쩍 지나 버릴 때가 많았기 때문
이었다. 그러다가 프라하에서의 일정이 얼마 남지 않은 날, 결심을 굳힌 나
는 해 뜨기 전인 오전 6시 30분에 일어나 간단히 씻고 준비를 했다.

　　프라하의 겨울이 길다는 건 알았지만, 직접 경험하는 건 또 달랐다. 칼바
람이 부는 것도 아니고 온도도 평균 0~4도라고 하는데 이상할 정도로 추

웠다. 하루에도 몇 번씩 낮잠을 자지 않으면 버티기 힘들 정도로 체력 소모가 컸다. 그렇기 때문에 조깅에 나서기 전 중무장을 하는 건 필수였다. 나는 조깅을 하기 위해 챙겨 온 레깅스까지 입고 운동화 끈을 조여 맸다. 잠이 덜 깬 남편은 진짜 나갈 거냐고 물었지만, 내 결심은 확고했다.

춥고 이른 시간이라 그런지 지나다니는 사람이 거의 없었다. 나는 구시가 쪽으로 가기로 마음먹고 카를교를 향해 뛰었다. 살짝 눈발이 날리는 바람에 미끄러질 뻔했을 때는 혼자 킥킥대기도 했다.

블타바강*Vltava River* 위에 위치한 카를교는 오래된 돌다리다. 클래식을 연주하는 악사와 그림을 파는 상인들, 그리고 관광객으로 늘 북직인다. 다리 양옆의 기둥마다 동상이 자리하고 있는데, 그중 소원을 들어준다는 얀 네포무크 상 앞에는 항상 사람들이 줄을 서 있다. 그리고 날마다 출사를 나온 것처럼 많은 이들이 사진을 찍기 위해 대기하고 있다. 카를교에서는 일출 사진을 찍을 수 있기 때문이다. 하지만 그날 아침의 카를교는 무척 한산했다.

구시가에 들어섰을 때는 너무 한적해 조금 오싹하기까지 했다. 가로등이 있었지만, 어쩐지 혼자 겁에 질려 달렸다. 이쯤 되니 무얼 위한 조깅인가 싶었다. 구시가의 광장에 도착했을 때도 여전히 주위는 어둡고 나는 혼자였다. 광장을 지나 다시 큰길로 달려가자 겨우 사람들이 보이기 시작했다. 이르게 출근하는 사람들이었다.

완벽하게 화장을 하고 옷을 차려입은 사람들 사이에서 레깅스를 입고 조깅을 하고 있자니 묘한 느낌이 들었다. 누군가 일상을 보내는 공간에 여행자로 와 있다는 게 생소했다. 마치 남의 사생활을 엿보는 것 같은 기분이었

다. 나 역시 한국의 우리 집에 있었다면 아이들을 깨우고 학교에 보낼 준비를 하고 있을 시간이었다. 조깅을 하지 않았다면 결코 몰랐을 낯선 감정이 느껴졌다. 이런 작은 일탈이나 사소한 사건들 모두 용기를 냈기 때문에 경험해 볼 수 있는 거라 생각하니 조금씩 마음이 들떴다.

프라하의 진짜 아침을 마주하며, 내가 원했던 여행이 이런 거였다는 걸 새삼스럽게 깨달았다. 역시 여행은 걷고 달려야 제맛이었다.

일주일 동안 지나다니며 제법 익숙해진 길을 다시 거슬러 숙소로 돌아갔다. 집 안으로 들어서는데, 내가 막 프라하에 이사를 온 것 같다는 생각을 했다. 이제 집 근처의 길은 제법 눈에 익었지만 아직은 이곳 생활이 어색한, 새로운 프라하의 주민이라도 된 것 같았다.

여행 중에도 살림은
멈출 수 없지만

밀린 빨래도 하고 숙소도 정리하면서 다시 주부 모드로 돌아갔다. 여행을 떠나면 살림은 잠시 손에서 놓고 자유로운 시간을 즐길 수 있을 것 같지만, 아이들을 데리고 떠난 장기 여행에서는 여행 중에도 살림을 멈출 수가 없다. 하지만 집에서 살림하는 것에 비하면 살림이라고 말할 수도 없을 만큼 손쉽게 할 수 있는 일들이다.

집에 있으면 해야 할 일이 끝도 없다. 미니멀한 일상을 추구하겠다면서 짐을 엄청나게 버렸지만, 하루하루 생활하다 보면 어느새 또 물건이 넘쳐난다. 자꾸 버려도 자꾸 생긴다. 게다가 아이들을 챙기고 남편의 일도 종종 도와주어야 한다. 하루가 어떻게 지나가는지도 모르게 바쁘다. 저녁이 되어야 그나마 내 시간이 생기는데, 사실 해가 지면 방전이 돼서 아무것도 할 수가 없다.

여행을 하면서도 살림은 멈출 수 없지만, 살림에 대한 막중한 책임은 없다. 날마다 청소를 하지 않아도 된다. 오늘은 어떤 요리를 할지 고민할 필요도 없다. 일정과 예산에 맞춰 외식을 하거나 간단하게 식사를 준비하면 그만이다. 당연히 설거지도 간단하고, 냉장고를 정리할 필요도 없다. 먹을 만큼의 재료만 구입해 떠나기 전에 모두 소진하고 가면 된다. 몇 개 없는 옷을 돌려 입다 보니 빨래도 간단하다. 대청소도 필요 없다. 숙소를 떠나기 전에 정리만 잘하면 된다.

남편과 서현이가 항공권 예약 내용을 프린트하러 나가고, 주현이는 혼자서 신나게 놀고 있는 동안 숙소 정리를 끝마친 나는 침실에서 자유로운 시

프라하에서 방문한 마트!

- **바이오마트** : 숙소 앞의 작은 마트인데 각종 치즈부터 음료, 쌀, 파스타, 빵 등 없는 게 없다. 가격도 대형 마트에 비해 저렴한 편이다.
- **알버트** : 호스트가 알려 준 마트로 쇼핑몰과 은행 등이 밀집해 있는 안델역에 있어 찾아가기 쉽다. 대형 매장이라 쇼핑하기도 편하다. 하지만 가격이 다소 비싸고 음식 재료가 생각보다 신선하지 않았다.
- **테스코** : 역시 안델역에 위치해 있다. 대형 마트로, 다양하고 신선한 식재료가 많다. 특히 고기 종류가 다양하고, 반가운 신라면도 있었다.

세계 여행을 하면 아이들의 영어 실력이 늘까?

여행을 떠나기 전에는 어느 정도 도움이 될 거라 생각했다. 하지만 실제 여행을 해 보니, 아이들은 항상 우리 품에 있어서 영어를 쓸 일이 거의 없었다. 길을 찾는 것도 대부분 구글 지도를 이용했기 때문에 현지인에게 길을 물어보는 일도 드물었다. 게다가 우리 아이들은 부끄러움이 많아 호스트에게 "Hi" "Hello"를 말하는 정도가 다였다. 그러니 혹시 아이들의 영어 실력 향상을 기대하고 여행을 떠난다면 기대를 낮추는 것이 좋다. 다만, 영어를 잘하고 싶다는 동기부여는 충분히 될 수 있다.

간을 누렸다. 의식의 흐름에 따라 아무런 생각이나 하면서 즐겁고 가벼운 마음으로 여유를 부렸다. 포근한 이불 속에 누워 발가락을 꼼지락거리면서 말이다.

사람을 크게 하는 건 경험

여행을 시작하기 전 카우치서핑으로 집에 외국인 친구들을 초대한 건 여러 가지 이유가 있었다. 그중 가장 큰 이유는 우리 아이들이 넓은 시야를 가졌으면 좋겠다고 생각했기 때문이었다. 다양한 문화에서 온 다양한 사람들을 접하고 이해하면서 호기심도 키우고 많은 경험을 할 수 있는 사람으로 성장했으면 하는 바람이었다.

나는 사람을 크게 하는 건 그 무엇도 아닌 경험이라고 믿는다. 여행을 하면서 나는 늘 '이 여행이 끝난 후 아이들은 얼마나 달라질까?' 하는 상상을 했다. 주현이와 서현이가 내가 상상도 못 할 만큼 스스로 인생을 개척해 나가는 사람이 될 수 있다면 얼마나 멋질까 생각하면서 말이다.

프린트를 하러 나갔던 아빠와 딸은 신난 모습으로 의기양양하게 돌아왔다. 대학가로 프린트를 하러 갔는데, 단돈 300원으로 임무를 완수했다고 했다. 게다가 직원도 친절했고 프린트도 아무 문제없이 일사천리로 진행되어 기분이 무척 좋았던 것 같았다.

둘은 30분을 이용할 수 있는 24코루나 티켓으로 트램을 타고 체코 공과 대학 근처로 향했다. 돌아올 때는 걸어서 왔는데, 숙소 근처와는 전혀 다른 분위기였다고 했다. 여행객이 아닌 진짜 프라하 사람들이 모여 사는 동네도 구경했다고 했다.

"엄마, 거기는 트램이랑 차가 다니고 옆에 이렇게 돌로 된 길로 걸어 다니는데 옆이 다 잔디밭이야. 건물들도 새 거고, 약간 달라. 예쁜 언니들이 프라하성 가는 지름길도 알려 줬어. 우리는 18일에 마드리드로 가는데, 그 언니들은 4일 후에 마드리드로 간대."

서현이는 프라하성으로 가는 지름길을 알려 준 두 명의 예쁜 언니들 때문에 더 신이 난 것 같았다. 남편도 간만에 딸과 단둘이 걸으면서 사진도 찍고 데이트를 하니 좋았던 모양이었다. 남편은 함께 여행을 다니는 두 친구의 모습이 멋있었다며 서현이도 나중에 그렇게 여행을 다니면 좋을 것 같다고 했다.

나는 남편의 말처럼 서현이의 미래를 상상해 볼 수 있는 여행자를 만났다는 게 참 반가웠다. 조금 거창한 생각일지 모르겠지만, 여행에서의 이런 사소한 만남이 생각을 바꾸고 삶을 변화시킬 수도 있기 때문이다. 비록 나는 그 친구들을 만나 보지 못했지만, 그 친구들 덕분에 서현이의 미래를 상상해 보는 즐거움을 얻을 수 있어서 고마웠다.

사실 프라하 여행 후기를 몇 개 검색해 보며 불친절하다는 말을 많이 봤다. 나중에 생각해 보니 숙소 근처의 슈퍼도, 그리고 전체적인 도시의 분위기도 그다지 친절하지는 않았다. 하지만 프라하에 머무는 동안에는 전혀 그런 인상을 받지 못했다. 아마도 호스트와 지름길을 알려 준 두 여행객처럼 우리가 만난 몇 명의 친절한 이들 덕분이 아니었나 싶다. 우린 그렇게 프라하에 대해 사랑스러운 기억만 가득 남기기로 했다.

60일의 지구 여행

체코 프라하 영수증

날짜	항목	코루나	원
2018. 01. 11	환전 수수료	50코루나	2,507원
	프라하공항 → 숙소 버스·트램	64코루나	약 3,209원
	바이오마트(훈제 삼겹살, 소시지, 시리얼, 음료, 물, 콜라 등)	447코루나	약 22,413원
	바이오마트 봉투 구입	8코루나	401원
	바이오마트(파스타면, 라면사리, 토마토소스, 바질 페스토)	171코루나	약 8,574원
2018. 01. 12	숙소 → 안델역 트램(90분 무제한)	64코루나	약 3,209원
	알버트(쌀, 삼겹살, 돼지고기 앞다리 살, 햄, 과일, 과자 등)	567.1코루나	약 28,434원
2018. 01. 13	바이오마트(파스타면, 빵, 콜라)	123.93코루나	약 6,214원
2018. 01. 14	바이오마트(빵)	5코루나	약 251원
	H&M(스카프)	299코루나	약 14,992원
	테스코(스테이크용 고기, 삼겹살, 사과, 청포도)	463.84코루나	약 23,257원
	H&M(서현이 점퍼)	949코루나	약 47,583원
	안델역 → 숙소 트램	68코루나	약 3,410원
2018. 01. 15	바이오마트(콜라, 쌀, 빵)	67코루나	약 3,359원
	환전 수수료	20코루나	약 1,003원
2018. 01. 16	숙소 → 체코 공과대학 트램	24코루나	약 1,203원
	바이오마트(빵)	2.5코루나	약 125원
	바이오마트(쌀, 달걀)	80코루나	약 4,011원
	바이오마트(치약)	35코루나	약 1,755원
	프린트	6코루나	약 301원
	남편 담배	128코루나	약 6,418원
	바이오마트(쌀, 소시지, 훈제 삼겹살, 빵 등)	136코루나	약 6,819원
	굴뚝빵	70코루나	약 3,510원
2018. 01. 17	바이오마트(콜라)	20코루나	약 1,003원
	서브웨이	136코루나	약 6,819원
2018. 01. 18	숙소 → 프라하공항 트램·버스	68코루나	약 3,410원
	사용 경비 합계	4,072.37코루나	약 204,190원
	숙박비		330,107원
	항공권(라이언에어)		296,940원

Chapter

3

TRAVELER

내 가족의
버킷리스트

페트리샤의 고향 : 스페인, 마드리드

패트리샤의 고향

스페인, 마드리드

어디에서도 느끼지
못한 친절

메르베처럼 우리 집에 카우치서핑을 와서 친구가 된 패트리샤는 스페인 사람이다. 패트리샤는 날씨도 사람들도 따뜻한 마드리드에 꼭 가 보라고 했다. 마침 모로코에 가기 전 스페인에 갈 수 있게 된 우리는 마드리드에서 체력을 보충하기로 했다.

공항에서 숙소까지는 한국의 공항철도와 비슷한 스페인의 철도 렌페^{Renfe}를 타고 이동하기로 했다. 하지만 티켓을 사려고 자판기로 다가갔더니 교통편이 두 개였다. 어떤 걸 끊어야 할지 몰라 당황했다. 남편은 티켓 자판기 앞에 서 있는 두 명의 건장한 남자 직원들에게 물어보기로 했다. 여행하면서 공항이나 지하철에서 누군가에게 질문을 할 때는 의외로 용기가 좀 필요하다. 대부분 불친절하고 제대로 된 정보를 알려 주지 않는다. 역시 각오하고 질문을 던졌다. 그런데 두 사람이 잠시 서로를 쳐다보더니 자판기로 다가가 우리가 어떤 티켓을 발권해야 하는지 알려 줬다. 심지어 아이들의 티켓 가격과 열차가 언제 도착하는지까지 친절하게 말이다. 렌페 자판기 사용이 익숙하지 않은 우릴 대신해 직접 버튼을 눌러 주기도 했다. 불친절을 예상한 우리는 어안이 벙벙할 정도로 친절한 응대에 살짝 감동했다.

두 사람에게 감사 인사를 전하고 렌페를 타러 갔다. 표지판을 살펴본 남편은 불안한 마음에 옆에 서 있던 여성분에게 방향이 맞는지 물었다. 현지인으로 보이는 여성분은 낯선 외국인의 질문에 곧 열차가 들어오니 같이 타면 된다고 했다. 말을 붙인 사람마다 이렇게 친절하다니, 스페인에 대한 호감도가 자꾸만 올라갔다.

숙소는 넓었지만 생각보다 좋진 않았다. 네 명이 묵을 수 있다고 했는데 침대가 하나뿐이었다. 대신 소파가 두 개였지만, 아이들과 함께 쓰기엔 조금 불편한 구조였다. 하지만 집을 설명해 주고 무슨 일이 있으면 연락을 달라고 말한 후 돌아간 젊은 호스트 역시 무척 친절했다.

마드리드에 대한 패트리샤의 자부심은 우리가 만난 몇 명의 사람들만으로도 충분히 이해할 수 있었다. 심지어 마드리드는 다른 유럽 도시에 비해

TMI

에어비앤비를 이용할 때는 열쇠를 두 개 받는 게 좋다!

대부분의 숙소는 열쇠를 하나만 준다. 하지만 간혹 "열쇠를 두 개 줄까?" 하고 묻는 경우가 있다. 그럴 때는 받아 두는 게 좋다. 숙소에 열쇠를 두고 나가거나 잃어버리는 일이 생길 수 있기 때문이다. 이럴 때 열쇠가 두 개라면 일행이 서로 나눠서 챙길 수 있어 하나를 분실해도 숙소에 무사히 들어올 수 있다. 열쇠 하나를 잃어버려 추가 요금을 내게 되더라도 일단 두 개를 받아 두는 게 마음이 편하다.

60일의 지구 여행

가성비 높은 스페인 프랜차이즈

Museo del Jamon(하몽 박물관)

스페인은 하몽이 유명하다. 하몽은 돼지 뒷다리
를 소금에 절여 건조·숙성시킨 요리로 생햄 그
대로 먹는다. 패트리샤는 '하몽 박물관'이란 이름
의 프랜차이즈를 추천했다. 유명 관광지 곳곳에
있어 찾기 쉽다. 매장 안에 하몽이 줄줄이 걸려
있어 시선을 사로잡는다. 우리나라로 치면 포장
마차 같은 이미지로, 가볍게 한잔하며 하루를 마
무리하는 곳이다. 하몽이 들어간 바게트 샌드위

치가 1유로, 작은 맥주 한잔이 0.5유로로 저렴하다. 하몽은 종류별로 가격이
다른데, 최고 등급인 이베리코 베요타가 가장 비싼 편이다. 가게에서 술을 마
시면 타파스라고 불리는 간단한 술안주를 계속 제공한다.

Cerveceria 100 Montaditos(100 샌드위치)

100가지 샌드위치를 제공한다는
뜻의 이름처럼 1유로부터 시작하
는 다양한 샌드위치를 파는 프랜차
이즈다. 스페인어와 영어로 쓰여
있는 설명을 읽고 주문할 메뉴를
표시해서 카운터에 가져가면 된다.
저렴한 가격으로 작고 다양한 종류

의 샌드위치를 제공하기 때문에 여러 가지를 맛볼 수 있다. 우리나라에서는 생
소한 청어 샌드위치 같은 생선 샌드위치부터 친숙한 치킨 샌드위치까지 종류가
매우 많다. 2유로에 파는 감자칩도 맛있었다. 현지인들은 맥주와 와인을 마시
며 여유롭게 샌드위치를 즐긴다.

물가도 저렴했다. 나 역시 마드리드와 금세 사랑에 빠졌다. 남편도 친절한 마드리드에 호감을 느꼈다. 미국에서 패트리샤를 다시 만났을 때, 우리는 마드리드가 얼마나 매력적이었는지 얘기했다. 얘길 듣는 내내 패트리샤의 눈에는 사랑이 가득 담겼다.

공원에서 사라진 아들

　　　　　우리는 여행을 하며 관광지에 대해 많은 정보를 찾아보지 않는다. 어디가 주요 관광지인지도 모른 채 여행하기도 한다. 철저하게 계획해도 날씨나 컨디션에 따라 매번 상황이 달라지기 때문이다. 그래서 꼭 가 보고 싶은 곳 한두 군데만 정해 두고 일정에 따라 자유롭게 여행한다. 스페인도 마찬가지였다. 다만 패트리샤가 추천해 준 프라도미술관만큼은 꼭 가 보기로 했다.

알무데나^{Almudena} 대성당과 마드리드 왕궁을 둘러본 다음 프라도미술관 무료입장 시간인 오후 6시 전까지 근처 공원에서 시간을 보내기로 했다. 공원은 정말 넓었다. 무거운 가방을 내려놓고 그늘에 앉으니 너무 편안했다. 우리는 그렇게 잠시 누웠다. 하지만 아이들은 금세 좀이 쑤시는지 다시 걷자고 난리였다. 결국 나는 자리에 앉아 가방을 지키고 남편과 아이들은 산책을 했다.

그런데 5분이나 지났을까. "주현아! 주현아!" 하는 소리가 들렸다. 아무 생각 없이 쉬고 있던 나는 벌떡 일어나 소리가 나는 쪽으로 달려갔다. 바로 뒤 언덕에 서현이가 서 있었다.

"엄마, 오빠가 없어졌어."

순식간의 일이었다. 말도 통하지 않는 곳에서 어떻게 아들을 찾지? 공원은 넓었고 우리는 스페인에 아는 사람 한 명 없었다. 짧은 시간 동안 머릿속으로 여러 장의 그림이 스쳐 지나갔다.

"뛰어가기에 뛰지 말라고 말하려고 했는데, 오른쪽으로 금세 사라져 버렸어. 쫓아갔는데 안 보여."

그저 장난인가 싶다가도 소리쳐 이름을 부르는데도 나타나지 않는 주현이 때문에 가슴이 철렁했다. 장난치다가 멀리 가는 바람에 넓은 공원에서 길을 잃은 건 아닌지 온갖 걱정이 들기 시작했다.

여행을 떠나기 전, 우리는 길을 잃을 경우를 대비해 제자리에 있기로 약속했다. 그래서 나와 서현이는 제자리에 남고 남편이 주현이를 찾기 위해 여기저기 뛰어다녔다. 분명 왼쪽으로 갔다가 오른쪽으로 사라졌다고 했는데 아무리 찾아도 없었다. 스페인 한복판에서 한국말로 아들을 부르며 뛰어다니는 건 우리 부부가 가장 상상하고 싶지 않았던 최악의 상황이었다.

여기서 주현이를 못 찾으면 어떡하지? 경찰을 불러야 하나? 경찰은 주현이를 찾아 줄까? 여행 와서 아들을 잃어버린 채 집으로 돌아가는 건 아니겠지? 나쁜 상상은 하고 싶지 않았지만, 자꾸 쓸데없는 생각이 들었다.

초조하게 발만 동동 구르고 있는데 잠시 후 저 멀리서 남편이 씩씩대며 걸어왔다. 옆에는 주현이가 있었다.

주현이는 아무 말 없이 눈치만 봤다. 남편 말로는 달려가다가 화단에 부딪힌 것 같다고 했다. 우리 부부는 굉장히 당황했지만, 우리보다 더 놀랐을 아들을 생각하며 마음을 다잡았다. 나는 조용히 주현이를 끌어안았다. 얼마나 불안했는지 주현이의 심장이 빠르게 뛰고 있었다.

분위기를 전환하기 위해 우리는 지나가는 관광객에게 가족사진을 찍어달라고 부탁했다. 그제야 주현이의 굳었던 표정도 풀리기 시작했다.

프라도미술관의 추억

프라도미술관은 패트리샤가 가장 좋아하는 미술관이라고 했다. 우리는 오전에 스페인 시내를 둘러보고 오후에 프라도미술관 근처에서 시간을 보내다가 저녁 6시에 맞춰 미술관으로 갔다.

나는 스페인에 오기 전까지 프라도미술관에 대해 잘 몰랐다. 하지만 패트리샤의 감성과 안목을 믿었기에 기대가 컸다. 미술관에 가기 전에 전시된 작품을 검색해 봤는데, 생각보다 많은 작품을 보유하고 있는 큰 미술관이었다. 전시 작품의 수가 무려 8,000점에 달한다고 하니 입이 쩍 벌어질 정도였다.

먼저 한국어 팸플릿을 두 개 챙겼다. 프라도미술관의 팸플릿은 설명이 매우 자세하다. 팸플릿을 따라가기만 해도 알차게 관람할 수 있을 정도다. 그리고 우리 가족이 받은 네 장의 입장권에는 제각각 다른 그림이 인쇄되어 있었는데, 아이들의 흥미를 유발하기 위해 팸플릿과 입장권에 있는 작품을 찾으며 미술관을 탐험하기 시작했다.

"난 이 그림으로 할래."

서현이는 디에고 벨라스케스의 〈시녀들〉이 인쇄된 티켓을 골랐다. 아마도 어린 공주의 모습이 서현이의 흥미를 끌었던 것 같다. 우리는 이 그림을 1층 중앙의 전시실에서 찾을 수 있었다. 초상화를 그리는 부모님을 보러 온 어린 공주의 모습이 무척 사랑스러웠다.

주현이는 엘 그레코의 〈가슴에 손을 얹은 기사〉가 인쇄된 티켓을 골랐다. 역시 1층의 전시실에서 찾을 수 있었다. 〈가슴에 손을 얹은 기사〉는 독특한 느낌을 주는 그림이었다. 단순한 초상화라고 생각했는데, 기사의 눈빛이 그림을 바라보는 사람을 정확하게 직시하는 듯했다. 왼쪽이나 오른쪽으로 조금씩 자리를 옮겨도 여전히 그런 느낌을 주는 건 아마도 화가의 정

프라도미술관 이용 방법

세계 3대 미술관 중 하나인 프라도미술관은 8,000점이 넘는 작품을 소장하고 있다. 15유로의 입장료가 있지만, 마감 2시간 전부터 무료입장이 가능하다. 또한, 한국어로 된 가이드 지도가 무료로 비치되어 있고, 주요 작품의 사진·이름·위치와 층별 전시관 위치가 자세히 표기되어 있어 지도만 봐도 작품을 쉽게 찾을 수 있다. 한국어 오디오 가이드는 6유로로 대여할 수 있고, 내부에서는 사진 촬영이 금지되어 있다.

운영 시간	월요일~토요일 10:00~20:00
	일요일 및 공휴일 10:00~19:00
	1월 6일, 12월 24일, 12월 31일 10:00~14:00
입·퇴장 시간	관람 종료 30분 전까지 입장 가능
	(관람 종료 10분 전에 전시관에서 퇴장해야 함.)
휴관일	1월 1일, 5월 1일, 12월 25일

교한 시선 처리 때문이 아닐까 싶었다.

프라도미술관에서 가장 유명한 작품인 고야의 〈옷을 입은 마하〉와 〈옷을 벗은 마하〉도 실제로 볼 수 있었다. 스페인의 미술관답게 스페인 화가인 벨라스케스와 고야의 작품이 많았는데, 때아닌 그림 찾기 미션 덕분에 우리 가족은 꽤 흥미진진한 시간을 보냈다.

프라도미술관 바로 앞에는 산 제로니모San Geronimo 성당이 있었다. 해 질 녘에는 태양 빛을 받아 반짝이더니 어둠이 내리자 조명 속에서 또 다른 아름다움을 뽐냈다. 나는 성당을 바라보며 언젠가 다시 마드리드에 온다면 꼭 프라도미술관 옆에 숙소를 잡겠다고 다짐했다. 그리고 날마다 와서 새로운 작품을 만날 것이다. 일주일 동안 미술관 곁에만 머물러도 충분히 행복하리라.

TMI

아이들과 미술관을 재미있게 관람하는 방법!

- 미술관에 가면 입장하기 전부터 줄을 서야 하는 경우가 많다. 그때 아이들에게 그 미술관의 주요 작품을 검색하게 하는 것이 좋다. 미술관에 가기 전에 따로 예습할 필요도 없고, 줄 서는 시간을 지루하지 않게 보낼 수도 있기 때문이다. 아는 만큼 보인다고, 짧게나마 찾아본 후에 관람하면 작품을 좀 더 친숙하게 느끼게 된다.
- 미술관은 대부분 소장하고 있는 주요 작품을 모티브로 입장권을 디자인한다. 바로 이 입장권 속 작품을 찾아보는 것으로 아이들의 집중도를 높일 수 있다. 작품을 찾았을 때 칭찬을 듬뿍해 주면 평생 그 작품과 작가를 행복한 기억으로 추억할 것이다.
- 오디오 가이드가 표시된 작품만 골라 감상하는 것도 좋다. 오디오 가이드를 대여해 들으면서 관람하면 더 좋지만, 오디오 가이드는 대부분 유료인 경우가 많다. 따라서 오디오 가이드를 빌리는 게 부담스럽다면 오디오 가이드가 표시된 작품 위주로 감상하는 것도 하나의 방법이다. 그것만 봐도 미술관의 주요 작품은 대부분 확인할 수 있기 때문이다.

60일의 지구 여행

스페인 마드리드 영수증

	출금 수수료	3유로	3,840원
	바라하스 국제공항→ 아토차 세르카니아스역 렌페	10.4유로	13,312원
2018. 01. 18	환타	2유로	2,560원
	아토차 세르카니아스역 → 숙소 지하철	8.5유로	10,880원
	DIA 마트(삼겹살, 소시지, 치킨 너깃, 양송이, 시리얼, 우유, 감자칩, 머핀, 쿠키, 물, 우유)	19.12유로	약 24,474원
	100 샌드위치	7.8유로	9,984원
2018. 01. 19	중국마트(신라면, 불닭볶음면, 쌈장, 고추장, 고추장아찌 등)	20.55유로	26,304원
	하몽박물관	1.5유로	1,920원
	DIA마트(물, 환타)	1.6유로	2,048원
	까사루아Casa RUA 오징어튀김 샌드위치	6유로	7,680원
2018. 01. 20	산 히네스SAN GINES 추로스	4유로	5,120원
	연필깎이, 반찬통	2유로	2,560원
	DIA마트(초콜릿, 음료, 참치)	4.5유로	5,760원
	물	1.6유로	2,048원
2018. 01. 21	숙소 → 아토차 세르카니아스역 지하철	6유로	7,680원
	아토차 세르카니아스역 → 바라하스 국제공항 렌페	10.4유로	13,312원
사용 경비 합계		108.97유로	약 139,482원
숙박비			282,559원
항공권(라이언에어)			266,605원

사막 투어를 가다 : 모로코, 마라케시 · 메르주가

사막 투어를 가다

모로코, 마라케시·메르주가

모로코에서는
부르는 게 값

모로코 여행에는 큰 용기가 필요했다. 건강과 안전을 최우선으로 생각하는 우리의 여행에서 거의 유일하게 험난한 일정이 예고된 지역이 바로 모로코이기 때문이었다. 주현이의 버킷리스트를 이루기 위해 과감하게 결심했지만, 난 모로코에 도착한 순간까지 이게 과연 잘한 선택인지 갈피를 잡지 못했다.

모로코 공항에 도착해 입국 심사를 할 때부터 긴장이 시작됐다. 안전염려증이 있는 나는 모로코에서는 뭘 하든 어디에 가든 하나하나 돌다리 건너듯 조심하기로 했다. 그런데 짐 검사부터 문제가 생겼다. 짐을 확인하던 직원이 남편을 불렀다. 모로코에서는 드론 촬영이 안 된다며 공항에 맡기고 나가야 한다고 했다. 처음 듣는 얘기였다. 하지만 뾰족한 수가 없었다. 결국 드론을 맡겼는데, 찾을 때는 수수료를 내야 한다고 했다. '모로코를 떠날 때 드론을 받아 갈 수 있을까?' 하는 걱정이 머리를 스쳤다. 영상을 찍기 위해 남편이 애지중지 챙겨 온 드론은 한 번도 날지 못한 채 공항에 감금됐다.

도착하자마자 드론을 뺏긴 우린 망연자실했다. 환전할 때도 버벅거리고, 새로 산 유심이 한 번에 작동되지 않아 또 당황했다. 제대로 되는 일이 없으니 뭘 해도 살얼음을 걷는 느낌이 들어 긴장을 놓을 수 없었다. 아니나 다를까 택시 타기도 쉽지 않았다. 숙소로 가는 길이 까다로워 택시를 타야 했는데, 모로코에서는 관광객에 대한 적정한 택시비란 게 없었다.

택시 타는 곳에 갔더니 우두머리로 보이는 사람이 어디를 가느냐고 물었다. 우리는 지금 가능한 기준 가격을 정해 놓고, 그에 맞춰 흥정하기로 하고 호텔 주소를 보여 줬다. 그런데 우리가 찾아본 가격보다 훨씬 비싼 가격인 150디르함을 내라고 했다. 우린 최대 100디르함까지 낼 수 있다고 했다. 그랬더니 보란 듯이 다른 관광객의 택시만 잡아 주고 우리를 모른 척하기 시작했다.

우리 부부는 흥정에 약하다. 하지만 모로코에서는 흥정을 잘하지 못하면 가격이 한없이 치솟는다. 우리가 모로코에 오면서 긴장했던 이유가 이거였다. 여행객 대부분이 과한 요금에 절절맸다고 하니 겁을 먹을 수밖에 없었다.

우리는 흥정에 약한 대신 기다림에는 강했다. 시간이 흘러도 처음 제시한 요금을 내지 않을 것 같았는지 모른 척하던 우두머리 아저씨가 결국 먼저 다가왔다. 우리가 제시했던 가격으로 가라면서 택시를 잡아 줬다.

짐을 싣고 아이들을 택시에 태우는 동안에도 긴장을 끈을 놓지 않았다. 역시나 택시가 출발하자마자 이번에는 택시 기사가 그 가격으로는 갈 수 없다고 어깃장을 놨다. 황당했지만, 두 번째였기에 더 단호하게 대처할 수 있었다. 원래 가격보다 비싸게 받을 생각이라면 다시 공항으로 돌아가자고 말했다. 택시 기사는 마치 자신이 불합리한 일을 당하기라도 한 것처럼 화를 내더니 그럼 돌아가자고 했다. 그런데 공항으로 돌아가기는커녕 오히려 공항 바깥으로 나가는 길로 택시를 몰았다. 어이가 없었다.

택시 안에 정적이 흘렀다. 택시 기사는 한참 후에야 원래 가격대로 하자면서 어느 나라에서 왔냐고 물었다. 혼자 열을 내고 혼자 포기하는 모습이 당황스러웠다. 괜히 실랑이를 벌이다가 여행 기분을 망치고 싶지 않았던 우린 평정심을 되찾기 위해 노력하며 한국에서 왔다고 말했다. 택시 기사는 자기도 삼성을 좋아한다며 이런저런 질문을 하고 대화를 시도했다. 물론 바로 이어서 휴대폰 하나만 달라는 소릴 하긴 했지만. 농담인지 진담인지 미묘한 택시 기사의 얘길 들으며 불안한 마음을 안고 목적지로 향했다. 내릴 때는 요금을 계산하기 전에 먼저 짐을 내리고 배낭을 멨다. 짐작했던 대로 택시 기사는 기다렸다는 듯이 다시 요금을 높여 불렀다. 이제는 황당하지도 않았다. 우리가 짐을 다 챙길 때까지 문을 잡

시티택스 City Tax

유럽의 호텔에서는 시티택스를 받는다. 호텔 예약 비용과는 별개로 그 도시에 머무는 숙박세(관광세)라고 볼 수 있다. 이에 대한 정보가 없었던 우리는 모로코에 예약한 호텔에 도착해서야 시티택스란 것을 알게 됐다. 유럽에서 호텔에 머물 예정이라면 이 시티택스를 염두에 두어야 추가 비용에 당황하지 않을 수 있다.

고 서 있던 남편은 원래 가격보다 더 낼 수 없다고 단호하게 말했다. 택시 기사는 남편의 표정을 살피더니 넉살 좋게 농담이라고 했다.

모로코에 도착한 지 불과 몇 시간 만에 몹시 지친 느낌이었다. 머릿속은 '아, 모로코 정말 나와는 맞지 않는 나라'라는 생각으로 가득했다.

험난하고 또 험난한
사하라 투어

사하라 투어를 한다는 것은 낡은 차를 타고 2박 3일을 달린다는 의미이기도 하다. 다시 말해, 멀미가 심하다면 절대 피해야 할 투어라는 뜻이다. 우리 아이들은 멀미가 심한 편이라 가까운 거리라도 차를 타고 이동하는 걸 힘들어하는 편이다. 그런데 사하라 투어를 예약하면서 멀미 생각을 하지 못했다.

자동차는 심하게 덜컹거렸다. 사막으로 가는 길인데 어찐 일인지 계속해서 산을 올랐다. 산 위에는 심지어 눈까지 쌓여 있었다. 출발한 지 얼마 되지 않았는데 주현이는 이미 상태가 좋지 않았다. 등을 두드리고 안아 주며 겨우겨우 첫 휴게소에 도착했다. 산 중턱에 있는 휴게소라 전망이 좋았지만, 즐길만한 여유가 없었다. 모로코에서는 불친절함과 음식이 큰 걱정이었는데, 뜻밖에도 멀미가 복병이었다.

다시 차에 탄 주현이는 토하고 멈추고를 반복하며 실려 갔다. 차라리 잠들면 좋을 텐데 차가 너무 덜컹거려 잘 수도 없었다. 남편과 나는 심각하게 고민했다. 아이들의 컨디션도 문제였지만, 함께 투어하는 일행을 방해할 수 없었다. 이대로 이틀이나 더 가야 하는데 과연 버틸 수 있을까? 출발한 지 얼마 되지 않았을 때 빨리 돌아가는 게 낫지 않을까? 우리는 결국 아이들에게 힘들면 돌아가자고 했다. 그런데 무려

네 번이나 토하며 힘들어하던 주현이가 말했다.

"몸은 힘들지만 정신은 멀쩡해요. 갈 수 있어요."

그렇게 사하라 사막이 보고 싶었던 걸까. 체력은 이미 바닥을 쳤지만, 주현이가 가자고 하니 포기하지 않기로 했다.

사하라 투어는 중간에 관광지에 내려 구경을 하고 점심을 먹은 다음 다시 출발하게 된다. 우리는 너무 지쳐 관광이고 뭐고 하고 싶지 않았지만, 현지 가이드가 한 명 나타나더니 막무가내로 관광이 이뤄졌다. 높은 봉우리에 위치한 마을이 사막을 이동하는 사람들의 휴식처였다는 설명을 들으며 먼 곳을 내려다봤다. 작은 관광지는 구경할 거리도 많지 않아 곧 점심을 먹기 위해 식당으로 갔다.

모로코에 대한 악명 높은 이야기를 많이 보고 온 우리는 다시 긴장했다. 원하지 않는 구경을 시켜 주고 강제로 팁을 걷는 일이 허다하다고 했다. 그래서 투어를 예약할 때도 철저하게 확인했다. 여행사에서는 추가되는 팁도 현장 가이드도 없을 거라고 했다. 우리는 몇 번이나 확인을 거친 다음 예약했다. 차에서 내리기 전에 운전기사에게 다시 확인했을 때도 가이드 팁은

없다고 말했다. 하지만 식당에 자리를 잡자마자 일이 터졌다.

음식 가격이 제법 비쌌지만 아이들을 든든하게 먹이기 위해 주문을 하려는데, 아까의 가이드가 나타나더니 수고비를 요구했다. 투어에 참여한 여행객 모두 황당하다는 반응이었다. 하지만 강압적인 분위기에 눌려 하나둘 팁을 내기 시작했다. 우린 결국 한발 뒤로 물러나 몸이 좋지 않아 가이드를 받지 않은 남편과 아들은 제외하고, 딸도 아직 어리니 돈을 다 낼 수는 없다고 했다. 가이드는 그때까지 유지하고 있던 가짜 친절을 거둬 버리고 화를 내며 식당 밖으로 나갔다. 우리 앞에 앉아 있던 스페인 부부도 모로코에서 힘든 상황을 많이 겪었는지 얼굴이 붉으락푸르락했다.

잠시 자리를 비웠던 두 명의 한국인 대학생 일행이 음식이 나온 후에야 묘한 표정으로 자리에 돌아왔다. 말을 들어 보니, 가이드가 두 사람을 붙잡고 우리가 돈을 내지 않으니 대신 받아 오라며 협박을 했다는 것이었다. 무법자가 따로 없었다. 직접 말하지 않고 어린 학생들을 협박했다는 게 특히 기가 막혔다.

학생들에게 피해가 가지 않도록 가이드를 설득해서 내 가이드 비용과 서현이의 가이드 비용 절반을 내겠다고 했다. 가이드는 또 화를 냈지만, 결국 그 돈을 받고 상황을 정리했다. 그 와중에 비싸게 주문한 음식은 상태가 영 별로였다. 나는 이제 사하라 사막을 보고 싶은 마음조차 없었다. 주현이만 아니었다면 당장 모로코를 떠나고 싶었다.

해 질 무렵 도착한 호텔은 바깥보다 추웠다. 이불은 넷이 덮기엔 부족했다. 우린 일단 배낭에 있는 옷을 다 꺼내 입었다. 바람막이며 패딩까지 다 껴입고 양말 위에 수면양말을 덧신기까지 했는데도 추웠다. 몸에 열을 내기 위해 동전파스까지 붙였다.
평소에는 조금 뜨겁게 느껴졌
는데 얼마나 추웠으면 뭘 붙인
건지 느낌도 없었다. 전기방석
도 틀었지만, 아무리 세게 틀
어도 온기가 느껴지지 않았다.

그래서 마지막으로 우비를 꺼내 입었다. 움직이기는 힘들었지만 그나마 조
금 나았다. 우비를 입은 우리 넷은 꼭 붙어서 잠들었다.

꿈처럼 느껴졌던
사막의 밤

　　　　　　　　　　　다행히 둘째 날은 평지를 달렸다. 아이들의
상태도 조금 나아졌다. 가도 가도 끝이 없는 길을 달리며 사하라 사막으로
향했다. 중간중간 눈에 띄는 아름다운 길을 보며 조금씩 여행을 즐기기 시
작했다. 자다가 깨면 미묘하게 풍경이 달라져 있었다. 그렇게 먼 길을 달려
드디어 사막에 도착했다.

　처음 마주한 사막은 그냥 신기했다. 바로 앞은 허허벌판인데 고개를 들
면 모래언덕이 보였다. 마치 선을 그어 놓은 것처럼 이쪽은 벌판, 저쪽은
사막이었다. 사막을 본 아이들은 점점 눈빛이 살아났다.

　사막에서는 낙타를 타고 이동했다. 배낭은 차에 두고 필요한 것만 챙겨
낙타에 올랐다. 주현이와 남편이 같은 낙타를 타고, 나는 서현이와 함께 탔

다. 훈련된 낙타는 제법 온순했다. 무서울 것 같았는데 흔들흔들하는 느낌
이 재밌었다. 긴장한 채 굳어 있으면 허리가 아프다고 해서 힘을 빼고 낙타
에 몸을 맡겼다. 서현이는 우리가 탄 낙타에게 '초코'라는 이름을 붙이고 노
래까지 흥얼거렸다. 전통 의상을 입은 친절한 가이드는 아이들을 배려해
주면서 낙타를 이끌었다.

가이드는 해가 기울어지기 시작할 때쯤 낙타를 멈추고, 언덕에 올라가서
해가 지는 걸 보라고 했다. 그때 비로소 사막의 모래를 밟았다. 바닷가의
모래와는 확연히 달랐다. 아이들은 언제 멀미를 했냐는 듯 언덕을 오르며
신났다. 저 멀리 우리가 타고 온 차가 정차되어 있는 마을이 보였다.

불과 한 달 전만 해도 한국에 있는 집에서 평범한 하루를 보내고 있던 내가
사막 한가운데서 지는 해를 보고 있다는 게 이상했다. 시간이 조금 흘렀을 뿐
인데 상상한 적도 없는 장소에 와 있었다. 세상이 넓은 듯 좁다는 생각이 들
었다. 마음만 먹는다면 어디든 갈 수 있다는 걸 이제야 알았다.

사막에서는 베두인족 텐트에서 캠핑을 했다. 캠프는 생각보다 넓었다.
캠프 가운데는 캠프파이어를 할 수 있는 장소가 마련되어 있었다. 쿠스쿠
스Couscous와 타진Tajine으로 저녁을 먹고 나자 캠프파이어가 시작됐다. 가이드

60일의 지구 여행

들이 모여 악기를 두드리고 노래를 불렀다. 자리가 한창 무르익자 흥이라곤 없는 우리 가족도 함께 어울려 춤을 췄다. 주현이는 잠시 어울리다가 남편이 있는 자리로 돌아갔지만, 서현이와 나는 가이드들이 연주하던 악기도 두드려 보며 신나게 놀았다. 술도 없이 모두가 흥에 취한 밤이었다.

캠프에는 우리 말고도 한국인 아빠와 딸이 함께 여행 온 팀이 있었다. 딸이 중학생이 되기 전에 함께 여행하는 중이라고 했다. 스페인에 갔다가 차를 렌트해서 사막까지 왔다는데, 대단하다는 생각이 들었다. 남편과 서현이가 그들처럼 함께 여행하는 상상을 해 보았다. 슬쩍 쳐다본 남편도 같은 상상을 하고 있었는지 입가에 흐뭇한 미소가 보였다.

밤이 깊어지자 사람들은 별을 보기 위해 밖으로 나갔다. 캠프 안에는 불빛이 많아서 별이 잘 보이지 않았다. 캠프 밖으로 나와 하늘을 올려다보자 작은곰자리, 큰곰자리, 북극성이 선명했다. 별들은 시간이 지나면서 조금씩 위치를 이동했다. 별자리가 눈앞에서 움직이는 모습을 보니 마치 우주 한복판에 있는 것 같은 느낌이 들었다. 그렇게 밤이 깊어 가고 있었다. 그 사이 남편은 사진을 잘 찍는 친구를 만나 새로운 기법을 익히느라 혼자 신나 있었다.

　우린 일출과 함께 사막을 떠났다. 모로코를 빨리 벗어나고 싶었지만, 막상 사막을 떠나려니 아쉬웠다. 돌아오는 길에는 버스 기사님의 배려로 주현이를 보조석에 앉혔다. 남편은 그런 주현이를 챙기기 위해 불편한 옆자리에 앉아 고생했다. 아들의 버킷리스트를 이뤄 주기 위해 끝까지 노력하는 남편이 짠했다.

　일행을 목적지에 내려 준 기사님은 어딘가로 전화를 해 저녁 약속을 잡는 것 같았다. 식당 이름이 나오고 타진에 대한 얘기도 있었다. 낯선 여행지에도 매일 출퇴근을 반복하며 일상을 사는 이들이 있다는 것이 당연하면서도 새삼스러웠다. 멀미하는 주현이를 배려해 준 기사님에게 우린 작은 팁을 전했다. 평범한 일상 중에서도 조금은 더 기분 좋은 하루이길 바라면서.

모로코 마라케시 · 메르주가 영수증

날짜	항목	현지가	원화
2018.01.21	출금 수수료	30디르함	3,420원
	유심 1개	50디르함	5,700원
	마라케시공항 → 호텔 택시	100디르함	11,400원
	호텔 시티택스	35디르함	3,990원
	호텔 팁	10디르함	1,140원
	맥도날드	180디르함	20,520원
	물	6디르함	684원
	호텔 앞 좌판에서 달팽이	7디르함	798원
	사막 투어	2,400디르함	273,600원
	물, 간식	65디르함	7,410원
2018.01.22	사막 투어 중 화장실 사용	8디르함	912원
	사막 투어 점심	205디르함	23,370원
	현지 가이드 비용	30디르함	3,420원
2018.01.23	미니 투어 가이드 비용	20디르함	2,280원
	사막 투어 점심	150디르함	17,100원
	콜라	10디르함	1,140원
	가이드 팁	50디르함	5,700원
2018.01.24	물(1.5L) 2개	20디르함	2,280원
	낙타 모양 기념품	100디르함	11,400원
	남편 담배	33디르함	3,762원
	사막 투어 점심	130디르함	14,820원
	껌	7디르함	798원
	사막 투어 중 화장실 사용	6디르함	684원
	맥도날드	180디르함	20,520원
2018.01.25	숙소 → 마라케시공항 택시	200디르함	22,800원
	폴PAUL 빵집 초코 크루아상	19디르함	2,166원
	물	16디르함	1,824원
사용 경비 합계		4,067디르함	463,638원
숙박비			140,000원
항공권(이베리아항공)		321,738원 ※ 추가 수하물 요금 : 28,057원	

친절한 항구 도시 : 프랑스, 마르세유

친절한 항구 도시

프랑스, 마르세유

마르세유에서의 요양

사하라 사막에서 힘들 걸 예상한 우리는 모로코 전에 스페인의 따뜻한 햇살에서 몸을 녹이고, 모로코 다음에는 프랑스 남부 지방의 마르세유에서 요양을 하기로 계획했다.

마르세유의 숙소는 항구에 있었다. 호스트는 우릴 위해 미리 지도를 준비해 두었다. 게다가 숙소 근처의 맛집과 주요 관광지도 알려 줬다. 그중 현지인들만 간다는 시장 얘기에 나는 눈을 반짝였다. 마트와 시장 덕후인 나는 여행지에서 그 도시의 마트만 구경해도 충분히 행복했다.

숙소에 짐을 풀자마자 사하라 사막에서 모든 에너지를 쏟은 주현이의 체력 회복을 위한 조치가 이뤄졌다. 다행히 숙소에는 모든 게 갖춰져 있어 내 집처럼 편했다. 수건과 화장지도 넉넉하고 주방에는 기본 재료와 커피, 올리브유뿐만 아니라 아이들을 위한 코코아까지 마련되어 있었다.

우선 전기방석을 켠 다음 아이들에게 샤워를 하도록 했다. 씻고 나서는 속을 든든하게 채우고 넷이 함께 침대에 누웠다. 하지만 다음 날에도 주현이의 체력은 회복되지 않았다. 결국 우리는 또 숙소에서 푹 쉬기로 했다.

남편과 주현이를 숙소에 두고 서현이와 함께 손을 잡고 나가 마르세유에서 유명하다는 전기구이 통닭과 친절한 청년들이 직접 구워서 파는 피자를 몇 조각 샀다. 피자와 치킨 냄새를 맡은 주현이는 자리를 털고 일어나서 순식간에 음식을 해치웠다.

마르세유에서는 마냥 푹 쉬다가 떠나기 전날에서야 호스트가 알려 준 시장을 구경했다. 시장에서 감바스와 부야베스 요리를 하기 위한 재료를 샀다. 감바스는 꽤 성공적이었고, 처음 시도해 본 부야베스는 그저 그랬다.

아무것도 하지 않아도
행복한

호스트가 소개해 준 노아일레 시장Market Noailles은 숙소에서 20분 정도 걸어가야 했다. 항구 옆에는 마르세유의 명물이라는 어시장이 있었는데 싱싱한 생선이 가득했다. 그 옆의 회전목마를 지나 도착한 노아일레는 꼭 우리나라의 전통 시장 같은 모양새였다.

마르세유의 해산물 요리인 부야베스를 해 보려고 향신료 가게에 먼저 들렀다. 목적은 사프란이었지만 온갖 종류의 향신료가 가득해 구경하는 재미가 쏠쏠했다. 빵과 과일을 산 후 시장 구경이 한창 흥미진진해지려는데 비가 쏟아졌다. 결국 구석구석 구경하지 못한 채 아쉬움을 남기고 숙소로 돌아왔다.

세차게 쏟아지던 비는 오후가 돼서 그쳤다. 그래서 우린 다시 나가기로 했다. 마르세유 포트Old Port를 건너는 미니 페리를 탔다. 페리에서 내려 길을 걷는데 재활용품으로 드럼을 만들어 연주하는 사람이 있었다. 음악이 정말 멋져 한참을 서서 구경했다. 열정을 가진 연주에 우리처럼 넋을 잃은 사람이 많았다. 카메라를 멘 어떤 남자가 남편에게 말을 걸기도 했다. 장비에 관심이 갔는지 카메라와 렌즈, 마이크는 뭘 쓰는지 물었다. 남편은 심혈을 기울여 연구하고 장만한 장비에 관심을 주는 게 반가웠는지 친절하게 설명해 주었다. 낯선 두 사람이 장비 하나로 이야기꽃을 피우는 모습이 퍽 즐거워 보였다.

건너편에는 현대 건축물로 유명한 유럽지중해문명박물관^{MUCEM}이 있었다. 우린 쉬어 가며 산책을 즐겼다. 바다 앞 방파제에 잠시 눕기도 했다. 숙소로 돌아가기 아쉬워 버스를 타고 노트르담 드 라 가르드^{Notre Dame de la Garde} 성당에도 들렀다. 가파른 언덕을 올라 성당에 도착하자 사람들이 우르르 내렸다. 마르세유가 한눈에 들어왔다. 바람이 불었지만 춥다기보다는 상쾌한 느낌이었다.

마르세유는 나에게 친절한 항구 도시로 기억된다. 호스트부터 피자를 만들던 청년들까지 마주쳤던 모든 이들이 여유롭고 친절했다. 마르세유에서는 단 한 순간도 인상을 찌푸린 적이 없었다. 남편에게는 포트에서 말을 건 외국인과 카메라에 관해 이야기한 기억으로 남았을까? 휴식이 필요할 때면 마르세유가 떠오를 것 같다. 다시 그곳에 간다면 비가 오지 않는 날 시장에 들러야겠다. 감바스를 해 먹고, 부야베스는 하지 말아야지. 역시 맛있는 걸 먹고 편하게 쉬는 게 행복이지 싶다.

프랑스 마르세유 영수증

	버거킹	11.2유로	14,336원
	핫초코	4유로	5,120원
	마르세유 프로방스 공항→ 마르세유 생 샤를 버스	24.9유로	31,872원
	마르세유 생 샤를 → 숙소 지하철	6유로	7,680원
2018. 01. 25	코인세탁소(세제)	1유로	1,280원
	코인세탁소(세탁)	5유로	6,400원
	코인세탁소(건조)	1.2유로	1,536원
	시티마트(쌀, 콜라, 물, 삼겹살, 과자, 간식, 과일 등)	25.28유로	약 32,358원
	시티마트(채소)	3.25유로	4,160원
	시티마트(와인)	4.38유로	약 5,606원
	정육점 오븐치킨	7.25유로	9,280원
2018. 01. 26	피자	2.6유로	3,328원
	U마트(소시지, 라면, 새우)	7.73유로	약 9,894원
	노아시장(이집트 빵)	2.8유로	3,584원
	노아시장(도미)	7유로	8,960원
	노아시장(바나나)	2유로	2,560원
	노아시장(피자)	1유로	1,280원
	노아시장(사프란)	12유로	15,360원
2018. 01. 27	시티마트(콜라, 토마토소스, 초콜릿)	4.79유로	약 6,131원
	U마트(쌀, 라면)	4.07유로	약 5,210원
	페리	2유로	2,560원
	유럽지중해문명박물관→ 노트르담 드 라 가르드 성당 버스	8유로	10,240원
	시티마트(햄, 돈가스, 텐더, 아이스크림)	10.7유로	13,696원
	숙소 → 마르세유 생 샤를 지하철	6유로	7,680원
2018. 01. 28	마르세유 생 샤를 → 마르세유 프로방스 공항 버스	24.9유로	31,872원
	치즈케이크, 라즈베리케이크, 콜라	9.8유로	12,544원
사용 경비 합계		198.85유로	약 254,527원
숙박비			192,367원
항공권(라이언에어)			339,236원 ※추가 수하물 요금 : 55,000원

비틀스를 찾아서 : 영국, 런던

비틀스를 찾아서

영국, 런던

런던에서 죽다 살아나다

마르세유를 떠나기 전에 먹은 아이스크림이 화근이었다. 그걸 먹고 심하게 탈이 났다. 몸은 무겁고 오한이 들었다. 런던까지 어떻게 가야 하나 걱정되는 한편, 아무 생각도 할 수 없었다. 좁고 답답한 비행기 안에서는 편히 눕지도 못해 거의 정신을 잃을 지경이었다.

겨우 런던에 도착했지만 상태는 점점 더 나빠졌다. 남편은 아픈 나와 아이들까지 챙기며 길까지 찾느라 고생이고, 아이들은 눈치를 보느라 바빴다. 무거운 배낭을 메고 지하철을 기다리려니 정신이 없어 런던인지 어딘지 구별도 되지 않았다.

그런데 지하철을 타자마자 흐릿한 시야 너머로 영국 특유의 발음이 들리면서 프랑스와는 전혀 다른 분위기가 피부로 느껴졌다. 겨우 고개를 들어 창밖을 봤다. 넓은 초원이 있었다. 저 너머의 작은 언덕에는 드문드문 집이 있었다. 영화에서 보던 바로 그 모습이었다. 마치 화면을 천천히 돌리기라도 한 것처럼 옆자리에 앉은 사람들의 말소리가 느리게 들렸다. 3D 안경을 쓰고 입체적인 영화를 보는 것 같았다. 너무 비현실적이었다. 지하철을 배경으로 한 나만의 영화는 킹스크로스^{King's Cross}역에 내려서야 끝났다.

남편은 아픈 나를 위해 열심히 숙소를 찾았다. 하지만 주소가 말썽이었다. 숙소 근처까지는 쉽게 왔는데 연달아 붙어 있는 주소를 아무리 보고 또 봐도 어느 집인지 알 수 없었다. 20분 정도 헤매다 겨우 집을 찾았지만, 문을 열고 들어가는 게 또 쉽지 않았다. 아무리 돌리고 밀어도 안 열렸다. 런던의 오래된 주택은 문도 오래됐는지 말도 못 하게 뻑뻑했다. 10여 분을 고군분투해서 겨우 문을 열었다. 지하철에서 내려 숙소에 들어가기까지 무려 1시간이 넘게 걸린 것이다. 밖에서 칼바람을 맞으며 오들오들 떨었더니 얼른 눕고만 싶었다. 그런데 문을 열고 들어갔더니 영화 〈노팅힐〉에서처럼 좁은 계단이 있는 집이었다. 정신이 없는 와중에도 사소한 것이 마음을 설레게 했다.

살인적인 물가를 자랑하는 런던답게 집은 좁았다. 겨우 외투를 벗고 침대에 누웠다. 몸이 욱신욱신 아팠다. 어떻게 숙소까지 걸어왔는지 신기할 정도였다. 남편은 온풍기를 가동하고 나가서 먹을거리를 사 오느라 바빴다. 나를 대신해 식사 준비도 하려고 했지만, 인덕션이 작동되지 않았다. 하는 수 없이 다시 일어나 근처의 중식당에서 점심을 해결했다.

인덕션 때문에 결국 호스트를 불렀다. 호스트의 말로는 위층에 묵었던 독일 게스트들이 물을 잠그지 않는 바람에 우리 층까지 물바다가 되어서 인덕션이 있는 벽 쪽에 전기가 안 들어오는 것 같다고 했다. 호스트는 전기선을 여기저기 만져 보더니 조금 기다려 보자고 했다. 푹 쉬지도 못했는데 날이 어두워지고 말았다. 그러는 사이 남편은 분주하게 주방을 오가더니 그나마 작동되는 전자레인지로 밥을 하고 된장국을 끓이고 달걀찜과 베이컨을 준비했다. 우리는 여행을 떠나기 전에 각자 역할을 분담했는데, 이날은 남편 혼자 두 명의 역할을 다 하느라 고생이었다. 그렇게 설레는 마음과 아픈 몸에 대한 걱정이 공존하는 런던의 첫날이 흘러갔다.

숙소에서 15분 거리에는 영국박물관이 있었다. 과학과 역사에 푹 빠져 있는 주현이를 생각해서 일부러 근처에 숙소를 잡았는데 내가 아픈 바람에 하루를 날렸다. 다음 날에도 몸은 다 회복되지 않았지만, 잠깐 마트에 나왔다가 그냥 들어가기 아쉬워 박물관으로 갔다.

박물관은 예상과 달리 한산했다. 대신 입장할 때 짐 검사를 했다. 우리는 방금 마트에 다녀와서 음식이 많은데 괜찮은지 먼저 물었다. 갑자기 오게 된 거라 음식물 때문에 들어갈 수 없다고 하면 다시 돌아갈 생각이었다. 무표정하던 직원은 "그럼 같이 저녁을 먹자"며 농담을 건넸다. 나는 엉뚱하게도 그 순간 영국을 좋아하게 됐다. 런던까지 와서 몸이 아파 심란했던 참에 친절한 한마디를 들으니 코가 다 찡했다.

영국박물관은 하루에 다 둘러볼 수 없을 만큼 크다더니, 이집트관에 들어가면서부터 그 말을 실감했다. 실제 미라만 해도 여러 개였다. 주현이는 머리카락과 손톱까지 보존된 미라를 굉장히 신기해했다. 서현이는 그리스관에 있는 파르테논 신전의 조각상들이 인상 깊었다고 했다. 정작 그리스 아테네에서는 볼 수 없었던 유물이 이곳에 있다는 게 아이러니했다.

런던에서 본 뮤지컬 〈위키드〉

런던은 남편이 가장 오고 싶어 했던 도시지만, 나도 런던에서 꼭 해 보고 싶은 일이 하나 있었다. 바로 뮤지컬을 보는

거였다. 마르세유에서 출발하기 직전에 겨우 예매에 성공했다. 가장 인기 있다는 〈라이온 킹〉은 예약이 힘들어 아이들과 보기 괜찮은 걸 찾다가 〈위키드〉로 결정했다. 〈위키드〉는 『오즈의 마법사』를 소재로 만든 뮤지컬이라고 하는데 아이들은 설명을 들어도 잘 모르겠다는 표정이었다.

자리는 무대와 가까웠다. 아이들을 중앙 쪽에 앉히고 나는 한국인 학생으로 보이는 친구의 옆자리에 앉았다. 조금 망설이다가 용기를 내서 그 친구에게 말을 걸었다. 스페인에서 유학 중인데 교환학생 기간이 얼마 남지 않아 여행 중이라고 했다. 뮤지컬은 〈위키드〉와 〈오페라의 유령〉을 볼 예정이라고 했다. 나도 〈오페라의 유령〉을 보고 싶었지만 아이들을 생각해서 〈위키드〉를 선택했기 때문에 그 얘기가 반가웠다. 〈오페라의 유령〉 얘기를 시작으로 우리는 절친이 된 듯 수다를 떨었다.

"스페인은 어때요?"

"공부하기 좋아요. 날씨도 좋고 사람들도 좋아요."

"공부는 어렵지 않아요?"

"공부는 생각보다 쉬워요. 오자마자 집을 구하는 게 어려웠어요."

아이를 키우다 보니 유학 생활에 대해 궁금한 게 많았다. 아이들이 넓은 세상에서 공부하길 원한다면 유학을 보내고 싶지만, 어디서부터 알아봐야 할지 아직은 방법을 모르고 있어서 그 친구의 모든 생활이 다 궁금했다.

"저는 유학 생활이 정말 좋아요! 교환학생이 끝나서 돌아가야 하지만, 또 나오고 싶어요. 그래서 다시 교환학생 신청하려고요. 두 번째는 잘 안 된다고 하지만, 그래도 신청할 거예요."

"정말요? 꼭 될 거예요!"

친구는 말하는 내내 눈빛이 초롱초롱했다. 특별한 얘길 한 것도 아닌데 삶을 즐기고 있다는 게 충분할 만큼 느껴졌다. 더구나 공부를 마치고 여행 중이니 얼마나 좋을까. 친구는 우리 여행에 대해서도 호기심이 가득했다.

"우리는 아이들 겨울방학인 60일 동안 2,000만 원으로 여행해요. 중국과 그리스를 거쳐서 터키, 스페인 그리고 모로코 사막 투어를 다녀왔어요. 런던 다음에는 프랑스에 들렀다가 미국으로 갈 거예요."

"아이들을 데리고 세계 여행을 하는 건 정말 대단한 것 같아요."

이번에는 반대로 본인도 아이를 낳으면 세계 여행을 해 보고 싶다면서 내게 이것저것 물었다. 나는 에어비앤비로 숙소를 잡고 직접 요리를 해 먹으면서 여행하면 경비를 줄일 수 있다고 나름의 노하우를 설명했다. 그런데 의외로 숙소에서 요리해 먹는다는 점에서 충격을 받은 것 같았다.

"저는 주부잖아요. 평소에 하던 게 있어서 요리하는 건 별로 어렵지 않아요. 게다가 전 세계 마트를 돌아다니는 재미도 있고요."

영국의 마트가 유명하다고 해서 가 봤는데 웨이트로즈는 너무 비쌌다. 테스코가 최고라고 알려 줬다. 친구는 눈빛을 반짝이며 남은 런던 일정 동안 테스코를 이용해야겠다고 했다. 어쩐지 공연보다 새로 사귄 친구와의 대화가 더 즐거운 것 같았다.

〈위키드〉는 기대만큼 재밌었다. 우리 가족은 극이 시작되자마자 공연에 빠져들었다. 돌연변이 같은 초록 피부를 가진 엘파바와 금발 머리에 공주병이 있는 글린다라는 두 주인공의 설정이 일단 흥미로웠다. 영어로 진행되는 데다 사전 지식도 거의 없었음에도 불구하고 완전히 몰입했다. 특히 엘파바 역을 맡은 배우의 연기와 노래가 너무 환상적이어서 소름이 돋을 정도였다. 나와 취향이 비슷한 서현이는 역시나 완전히 몰입했다. 시큰둥했던 주현이도 어느 순간 웃으며 공연을 즐기고 있었다.

TIP 여왕이 관리하는 마트, 웨이트로즈Waitrose

웨이트로즈는 영국의 최고급 슈퍼마켓 체인이다. 영국 여왕이 직접 관리하는 곳으로 유명하다. 왕실에 납품한다는 자부심을 갖고 있는 만큼 물건의 품질도 훌륭하다. 고기, 초밥, 주스, 베이커리 등 없는 게 없다. 하지만 가격은 다소 비싸다.

인터미션이 되자 아이들은 궁금한 게 많았는지 휴대폰으로 폭풍 검색을 시작했다. 서현이는 이해되지 않았던 장면의 줄거리를 확인하고 2막의 내용을 예습하기까지 했다. 주현이는 줄거리를 미리 알면 재미가 없다며 애써 외면했다.

옆자리의 친구가 〈오페라의 유령〉을 함께 보자고 했다. 남편은 보고 오라고 했지만, 다음 기회를 기약하기로 했다. 같이 보고 싶은 마음이 컸지만 아이들과 함께하는 여행이기 때문에 즉흥적으로 공연을 보러 가는 건 힘들었다. 우리는 곧 마드리드 이야기로 넘어갔다. 프라도미술관에 대해 얘기를 하다 보니 친구도 마드리드에 꼭 가야겠다고 했다.

여행 중에 만난 친구와 대화를 나누며 정보를 교환하는 일은 무척 즐거웠다. 엘파바가 지팡이를 휘두르면서 보여 주는 것만 마법이 아니라는 생각이 들었다. 처음 만난 낯선 사람과 오랜 친구처럼 자연스럽게 대화를 나눌 수 있는 것도 여행이 주는 마법이 아닐까.

숙소에 돌아와서도 들뜬 기분은 계속되었다. 아이들은 감동에 흠뻑 취한 눈치였고, 음악을 좋아하는 남편은 엘파바의 노래에 푹 빠졌다. 그 밤 내내 우리는 〈위키드〉 노래를 들으며 엘파바 역을 한 배우를 검색해 봤다. 왜 같은 공연을 반복해서 보는 사람들이 있는지 이해됐다. 배우의 컨디션에 따라 그날그날 노래도 달라지고, 같은 배역도 다른 배우가 공연하면 연기의 맛도 달라질 테니 같은 공연도 매일 다른 느낌이겠지. 다음에 런던에 오면 〈오페라의 유령〉을 봐야겠다.

공연장 백스테이지 투어

무대 뒤의 다양한 모습을 구경할 수 있는 백스테이지 투어를 진행하는 공연장이 있다. 배우가 꿈이거나 무대 및 의상 디자인을 배우고 싶은 이들에게 특히 좋은 프로그램이다. 영국 오페라극장 백스테이지 투어는 1인당 1만 5,000원가량으로, 공연이 어떻게 진행되는지 준비 과정을 알 수 있다. 또한, 공연장마다 키즈 프로그램이 따로 있는 경우도 있는데, 의상을 입고 연기를 배우거나 대사 연습을 하는 등의 프로그램이 준비되어 있다. 백스테이지 투어를 운영하는 공연장으로는 영국 오페라극장, 시드니 오페라하우스 등이 있다.

무료 클래식 공연

런던의 세인트 마틴 인 더 필즈 교회에서는 월·화·금요일 낮 1시~1시 45분까지 무료 클래식 공연을 진행한다. 그 밖에 뉴욕 링컨센터 아트리움에서도 매주 목요일 7시 30분에 무료 공연을 진행한다.

남편의 애비 로드

　　　　　　모든 것은 애비 로드^{Abbey Road}에서 비롯됐다.
남편에게 터닝 포인트를 마련해 주려다가 얼결에 떠나온 세계 여행이었다.
남편은 런던에서 애비 로드를 걸어 보는 게 꿈이었다. 그래서 런던과 애비 로드를 중심으로 여행 계획을 세웠다. 이런저런 이유로 여행지가 변경되는 와중에도 런던은 반드시, 꼭 와야만 하는 곳이었다.

음악을 좋아하는 남편은 특히 비틀스를 좋아했다. 아버지에게 중학교 입학 선물로 카세트와 비틀스 테이프를 받은 후부터 비틀스의 음악을 좋아하게 됐다고 했다. 우리가 처음으로 함께 본 영화도 비틀스의 음악이 흐르는 〈아이 엠 샘〉이었다. 나는 어린 다코타 패닝과 지적장애가 있는 아빠 숀 펜의 깊은 가족애를 보며 펑펑 울었고, 남편은 극장에서 나오자마자 음반 가게에 들어가 OST를 샀다. 우리는 울적할 때마다 〈아이 엠 샘〉의 OST를 들었다. 우리 둘의 주제가이자 배경음악이었다. 그 CD는 아직도 우리 집 오디오 위에 있다.

우리는 주현이가 초등학교에 입학할 무렵 지금의 집으로 이사를 왔다. 이사 후 남편이 가장 먼저 한 일은 비틀스의 〈애비 로드〉 앨범 재킷 사진을 액자에 넣어 벽에 걸어 둔 것이었다.

"나중에 우리도 이 횡단보도에 가서 사진 찍자. 네 명, 딱 맞잖아!"

남편은 농담 반 진담 반으로 이 사진을 가족사진으로 바꿔 걸고 싶다고 했다. 비틀스처럼 애비 로드의 횡단보도를 걷는 우리 가족의 모습으로 말이다. 나는 쿨하게 "그래"를 외쳤지만, 그 약속이 이렇게 이뤄질 줄은 몰랐다.

남편은 이번 여행을 계획하면서도 당연히 애비 로드에 가는 걸 버킷리스트의 가장 위에 적었다. 그로부터 약 1년 후 우리는 정말 런던에 와서 애비

로드를 향해 가고 있었다.

숙소에서 애비 로드까지는 멀었다. 런던은 교통이 복잡하기로 유명한데, 런던 사람들도 버스 환승이 어렵다고 하니 말다 했다. 하지만 이미 한 달간의 여행으로 길 찾기에 도가 튼 남편은 미리 구글 지도를 검색한 후 호기롭게 나섰다.

버스를 타고 내려서 다시 런던의 명물 이층 버스에 올랐다. 런던하면 떠오르는 그 빨간 이층 버스에 탔다는 게 신기했다. 버스에 탄 채 옆으로 지나가는 이층 버스를 또 신기한 눈으로 바라봤다. 텔레비전이나 영상으로만 보던 런던의 명소들도 지나쳐 갔다. 특별한 투어를 한 것도 아닌데 이층 버스에 탄 것만으로도 두근거리는 느낌이 들었다.

드디어 도착한 애비 로드에는 이른 시간에도 사람이 많았다. 우리는 먼저 애비 로드 스튜디오를 밖에서 구경했다. 비틀스가 저 건물 안에서 녹음을 했다니, 남편은 감개무량한 듯 보였다.

사실 우리 부부는 여행을 오기 전부터 집에서 CCTV를 통해 이 횡단보도를 지켜봤다. 애비 로드 스튜디오 홈페이지에서는 실시간으로 CCTV를 볼 수 있도록 생중계를 하고 있다(www.abbeyroad.com/crossing). 세계 어디에서든 이 횡단보도를 볼 수 있는 것이다. 아이들에게 얘기를 해 주니 그제야 신기해했다.

애비 로드에서 비틀스처럼 사진을 찍는 건 남편의 오랜 로망이었던 만큼 우린 어느 때보다 신중했다. 일단 사진 찍을 준비를 하면서 다른 사람들을 지켜봤다. 사람들은 차가 지나가길 기다렸다가 사진을 찍었다. 사람들이 사진을 찍을 때는 차가 기다렸다. 비틀스의 명소로 유명한 길이었기에 차들은 당연하다는 듯이 속도를 줄였다. 대부분 비틀스처럼 네 명씩 줄을 지어 사진을 찍었는데, 텀블링으로 횡단보도를 건너는 사람도 있었다. 지켜보는 것만으로도 재밌었다.

남편은 매의 눈으로 어디에 카메라를 놓고 찍어야 할지 관찰했다. 적절한 위치에 카메라를 설치하고 타이밍을 가늠하다가 넷이 길을 건넜다. 그렇게 몇 번을 반복하고 있는데, 장비가 범상치 않은 이들이 등장했다. 모든 사람이 그들을 쳐다봤다. 아무래도 타이머보다는 사람이 직접 찍는 게 낫겠다 싶어 우리는 그분들에게 사진을 부탁했다. 남편이 먼저 출발하고 그 뒤를 주현이, 서현이, 그리고 내가 따라갔다. 몇 번의 시도 끝에 제법 만족스러운 사진이 찍혔다. 역시 앵글을 아는 전문가다웠다.

만족할만한 사진을 찍었지만 남편은 쉽게 자리를 뜨지 못했다. 아쉬워하는 남편을 위해 녹음실 옆에 있는 기념품 가게에 들어가 보자고 했다.

"아니야. 보면 사고 싶어질 거야."

2,000만 원 예산에 무리가 갈지 모른다고 생각했는지 남편은 에둘러 사양했다. 하지만 눈빛에는 미련이 뚝뚝 남아 있었다. 그렇게 꿈꾸던 애

비 로드까지 왔는데 기념품 하나쯤 못 사 줄까 싶어서 다시 권했지만, CD를 샀다가 남은 여행 중에 깨지면 더 마음이 쓰릴 거란 얘기에 결국 수긍했다.

한국에 돌아온 우리는 비틀스의 애비 로드 사진을 우리 가족의 애비 로드 사진으로 바꿔 걸었다. 사실 런던에서는 가족 모두 컨디션이 좋지 않았고 숙소도 불편했다. 경비도 예상보다 많이 들어서 최고의 여행지는 아니었다. 그러나 남편에게만큼은 최고의 도시였다. 남편은 기념품 가게에 들르지 않은 걸 뒤늦게 후회했다. 기념품 가게에 들르기 위해서라도 런던에 다시 가야 할 이유가 생긴 것이다. 우리가 런던에 다녀가고 얼마 후 횡단보도를 다시 칠했다고 하니, 그것도 남편에게 다시 보여 줘야 하지 않을까 싶다.

영국 런던 영수증

날짜	항목	파운드	원
2018. 01. 28	<위키드> 티켓	147.7파운드	약 211,950원
	<위키드> 티켓 금액 추가	8.4파운드	12,054원
	런던히드로공항 → 숙소 공항철도	24.9파운드	약 35,736원
2018. 01. 29	칠리쿨Chillicool 레스토랑	40파운드	57,400원
	숙소 앞 마트(라면, 물, 바나나, 우유, 콜라 등)	28파운드	40,180원
	감기약	0.6파운드	861원
	웨이트로즈(스시, 콜라, 물, 주스, 라자냐, 토마토, 망고, 팝콘, 베이글, 누텔라)	39.2파운드	56,252원
	영국박물관 오디오 가이드	6파운드	8,610원
	맥도날드	10파운드	14,350원
	심플리푸드(샌드위치, 초콜릿)	4.6파운드	6,601원
	도로시퍼킨스(목도리)	12파운드	17,220원
2018. 01. 30	와사비(초밥 세트, 삼각김밥)	11.3파운드	약 16,216원
	프라이마크(내 옷, 주현이 슬리퍼, 후드 등)	58.9파운드	약 84,522원
2018. 01. 31	테스코 익스프레스(스테이크용 고기, 삼겹살, 소시지, 치킨윙봉, 샐러드, 감자칩 등)	22파운드	31,570원
	유심 2개	15파운드	21,525원
	테스코 익스프레스(스테이크용 고기, 청포도, 오렌지, 천도복숭아, 물 등)	11.7파운드	약 16,790원
	테스코 익스프레스(쌀)	1.29파운드	약 1,851원
	테스코 익스프레스(상추)	1파운드	1,435원
2018. 02. 01	숙소 → 개트윅공항 기차	32.1파운드	약 46,064원
	오이스터카드 사용분	23.2파운드	33,292원
	물	3파운드	4,305원
	사용 경비 합계	500.89파운드	약 718,784원
	숙박비		436,707원
	항공권(이지젯)		173,200원

우울했던 휴양도시 : 프랑스, 니스·생폴드방스/모나코

우울했던 휴양도시

프랑스, 니스·생폴드방스 / 모나코

춥고 우울한 나날

런던에서 다 회복하지 못한 몸을 이끌고 니스에 왔다. 니스에 오면 화창한 날씨가 기다리고 있을 줄 알았는데 날이 무척 흐렸다. 마치 바람이 불지 않는 런던 날씨 같았다. 사람들도 두꺼운 점퍼를 입고 머플러로 꽁꽁 싸매고 다녔다.

니스에서는 내내 피곤하고 불편했는데, 도착해서 호스트에게 연락했을 때부터 인상이 좋지 않았다. 호스트는 일 때문에 나올 수 없다며 친구의 전화번호를 알려 주고 도착하기 30분 전에 연락해 달라고 했다. 그런데 미리 연락했음에도 집 앞에서 거의 한 시간을 기다려야 했다. 늦게 도착한 친구는 미안한 기색도 없었다. 게다가 베개며 이불, 세면도구, 수건, 화장지, 키친타월 등 부족한 것 천지였다.

다른 건 몰라도 이불이 딱 하나뿐인 건 당황스러웠다. 날도 추운데 이대로 일주일을 보낸다는 게 너무 막막해서 다시 호스트에게 연락했다. 하지만 호스트는 바로 대답하는 일이 없었다. 집이 너무 춥다고 메시지를 보냈지만 한참 지나서 히터를 켰냐고 물었다. 평균 기온이 22도라며 춥다는 말은 처음 듣는다고 했다. 우린 어안이 벙벙했다. 지금 니스 기온이 7도에서 12도를 오가는데 22도라니 무슨 소린가 싶었다. 사람이 네 명인데 멀쩡한 침구는 하나뿐이고 그 외에는 속이 빈 침대 커버가 다라는 얘길 몇 번 반복하고 나서야 여분의 이불을 가져다준다는 대답이 돌아왔다. 우린 숙소를 옮겨야 하는 게 아닌지 잠깐 진지하게 고민했다.

니스에 머물면서 인근 지역을 여행할 계획이었기 때문에 이동이 편한 기차역 근처로 숙소를 잡았다고 생각했는데 막상 도착하고 보니 그렇지 않았던 점도 당황스러웠다. 가까운 해변에 가려고 해도 버스를 한 번 타야 했다. 심지어 숙소 주변에는 편의 시설도 없었다. 차도 다니지 않는 길에 작은 빌라 같은 건물이 줄지어 모여 있을 뿐이었다. 마트도 코인세탁소도 기차역도 모두 10분 이상 걸렸고 바다까지는 30분 가까이 걸어야 했다.

니스에 도착한 다음 날에는 해변으로 가기 위해 버스를 탔다. 버스에서 내려 마세나^{Massena} 광장을 지나는데, 광장 끝에 아폴론의 동상과 태양 마차를 끄는 말 분수가 보였다. 분수대 주변에는 2주 후에 열릴 카니발을 위한 관람석이 만들어지고 있었다. 카니발이라는 말에 설레었던 남편은 우리가 니스를 떠나고 난 후 카니발이 시작된다는 걸 알고 무척 아쉬워했다. 그렇게 서운함과 호기심이 교차하는 얼굴로 분수대를 지났다. 분수대를 지나자 드디어 바다가 나왔다. 하지만 날씨 때문인지 탁 트인 바다가 어쩐지 쓸쓸하고 우울하게 느껴졌다.

해변을 따라 쭉 이어지는 '영국인의 산책로'에는 스케이트보드나 인라인을 타는 사람들로 가득했다. 조깅하는 이들도 많았다. 아직 몸 상태가 좋지 않아 조깅을 할 수 없다는 것도 못내 아쉬웠다. 니스에서의 일주일을 계획하며 프라하에서와 같은 시간을 기대했는데, 시작부터 삐걱거리는 느낌이었다.

프랑스 사람들은 프랑스어에 대한 자부심이 강해 영어로 물어보면 프랑스어로 대답한다는 얘길 많이 들었다. 그걸 니스에서 처음으로 실감했다. 마르세유는 치안이 불안하다고 해서 거의 돌아다니지 않았고 마주쳤던 사람들도 모두 친절해서 프랑스어를 했는지 영어를 했는지 기억조차 나지 않았다. 그런데 니스에 왔더니 당황스러운 상황이 많았다. 여행을 하면서 이렇게까지 소통이 안 된다는 느낌은 처음이었다. 웃는 사람도 없고 말도 안 통하고, 바다 말고는 딱히 볼 데도 없다는 삐딱한 생각이 들었다. 나에게 니스는 편안한 휴양지가 아니라 고집불통의 도시로 인식되고 있었다.

아름다운 중세 마을,
생폴드방스

한 시간 조금 넘게 걸려 생폴드방스에 도착했다. 생폴드방스, 에즈, 모나코, 망통, 칸 등 니스 근교에는 여행지가 많은

 니스 숙소는 해안가 근처가 최적의 위치

니스에서 숙소를 잡을 때는 해안가 근처가 좋다. 해안가 근처에 근교를 여행
할 수 있는 버스 정류장이 있다. 그뿐만 아니라 카니발이 열리는 마세나 광장
이나 니스의 명물인 영국인의 산책로도 해안가 근처에 있고, 전망대에 올라
가는 것도 용이하다. 따라서 니스에서 편안하고 여유로운 휴가를 즐기고 싶
다면 반드시 해안가 근처에 숙소를 잡아야 한다. 우리는 현지인이 사는 곳에
숙소를 잡았다가 교통비도 두 배로 들고 근교를 여행하는 일도 번거로웠다.

데, 그중 생폴드방스는 중세 시대의 모습이 그대로 남아 있어 예술가의 영감을 자극하는 곳이기도 하다. 실제로 많은 예술가가 이곳에서 그림을 그리고 글을 썼다고 한다. 나도 생폴드방스에 살면 멋진 글을 쓸 수 있을까?

생폴드방스에 들어선 순간 중세 시대로 시간 여행을 한 것 같은 느낌이었다. 오래된 돌길과 성벽을 보자마자 예술가들이 이 마을을 사랑하게 된 이유를 알 것 같았다. 게다가 날마다 붐빈다는 생폴드방스는 관광지가 맞나 싶을 정도로 조용했다. 상점에서는 물건을 팔긴 하는지 직원도 손님도 보이지 않았다. 마차 소리가 들릴 것 같은 작은 도시 전체가 우리만을 위해 비워진 듯했다.

산 위에 지은 작은 성을 돌아보는 데는 반나절이면 충분하다. 우리는 천천히 발길 닿는 대로 골목을 걸었다. 따스한 햇볕이 내리쬐는 하늘과 성벽 바깥으로 보이는 수영장이 딸린 별장이며 산 같은 평화로운 풍경을 즐겼다. 성벽을 따라 올라가 전망대에서 한참 시간을 보낸 다음에는 계단을 내려와 공동묘지 쪽으로 갔다.

생폴드방스의 다른 이름은 '샤갈의 도시'다. 샤갈은 이곳에서 작품 활동을 하다 생을 마쳤다. 공동묘지에는 샤갈의 무덤이 있었다.

공동묘지는 한 바퀴 빙 둘러보는 데 5분도 걸리지 않을 정도로 작다. 그중 샤갈의 묘는 오른쪽으로 돌아가면 바로 나온다. 돌로 된 무덤 위에는 샤갈의 이름 둘레에 조약돌이 놓여 있었다. 사람들의 손길이 더해진 소박한 묘지가 무척 사랑스럽게 여겨졌다. 생폴드방스에 오는 사람들은 모두 샤갈의 묘지에 들르는 것 같았다. 생을 마친 후에도 그를 찾는 많은 사람 덕분에 샤갈은 영원히 외롭지 않을 것 같았다.

공동묘지에서 나온 우리는 사진을 찍기 위해 묘지와 성벽 중간에 있는 길로 향했다. 그런데 그곳에 작은 회전문이 열린 채 우릴 맞이하고 있었다. 우린 이끌리듯 회전문 안으로 들어갔다. 맞은편에 과수원이 보였다. 왼쪽으로 고개를 돌리니 언덕에 벤치가 있었다. 푹신한 잔디와 그 곁의 작은 벤치는 이곳에 어서 누우라고 성화를 하는 것 같았다. 남편과 나는 벤치를 하나씩 차지하고 눈을 감았다. 조용한 생폴드방스는 햇살마저

부드러웠다. 천국에 가 본 적은 없지만, 아마 여기가 천국의 느낌이 아닐까 싶었다.

아이들은 잔디에서 뛰어노느라 신났다. 이제야 남프랑스를 제대로 느끼는 기분이었다. 나는 화가들이 프랑스 남부에 정착해 인상파가 된 이유를 충분할 정도로 이해했다. 그림에 재능이 있다면 이 풍경을 보고 어떻게 손을 가만히 둘 수 있을까? 하지만 나는 그림을 그리는 재능이 없어 머릿속에 풍경을 새겼다.

니스의 꽃시장과 놀이터

한가로운 일요일 오전, 우리는 니스의 주민처럼 여유롭게 시간을 보내기로 했다. 생폴드방스에 다녀오느라 멀미를 많이 해서 꽃시장을 구경하고 아이들이 좋아하는 놀이터에 간 다음 푹 쉬기로 한 것이다.

니스의 꽃시장인 살레야^{Saleya} 시장에 가기 위해 버스를 타고 놀이터가 있는 리세^{Lycée} 정류장에 내렸다. 구글 지도를 따라 골목으로 들어가니 꽃다발을 들고 가는 사람이 보였다. 이 길이 맞는구나 싶어 골목 안으로 더 걸어가니까 드디어 천막이 나타났다.

꽃시장이라고 해서 꽃만 파는 줄 알았는데 채소나 과일을 파는 상인도 많았다. 마르세유가 가까워서인지 비누를 파는 상인도 꽤 있었다. 작은 화분과 예쁘게 포장된 꽃을 보니 한 다발 사서 숙소를 꾸미고 싶기도 했지만, 사실 나는 꽃보다는 간식이 더 좋은 사람이다. 한 바퀴 돌아보고 나서 남편이 물었다.

"꽃 한 다발 살래?"

"아니, 차라리 먹을 걸로."

꽃 대신 서현이가 노래를 불렀던 딸기를 샀다. 딸기는 농장에서 바로 따먹는 것처럼 싱싱했다.

슬슬 놀이터로 가려는데 스치듯 봤던 라벤더 비누가 눈에 밟혔다. 사고 싶었는데 짐이 느는 게 싫어 망설여졌다. 하지만 마그넷도 컵도 그림도 전혀 아쉽지 않았는데 비누는 안 사면 후회할 것 같았다. 눈치 빠른 남편도 하나 사라고 부추겼다. 못 이기는 척 라벤더 비누와 서현이가 고른 하트 모양 비누를 샀다. 비누를 고르고 돈을 내미니 환한 웃음이 돌아왔다. "메르시 보꾸Merci Beaucoup"라는 감사의 말에 서현이가 수줍게 "메르시"라고 답했다. 니스에 와서 처음 만난 친절이었다.

놀이터는 버스가 지나가는 길을 따라 이어져 있었다. 잔디가 깔려 있고 나무로 놀이 기구를 만들어 아이들이 편하게 놀 수 있도록 꾸며졌다. 해변에서도 가까웠다. 높은 곳에 올라가기 좋아하는 주현이는 그물망과 사다리를 넘나들며 놀이 기구에 올랐다. 줄을 잡고 이동하는 모습이 무슨 유격 훈련이라도 하는 것처럼 보였는데, 주현이는 그저 재밌는 것 같았다.

한참 놀고 나서 숙소에서 싸 온 도

시락을 먹었다. 우리처럼 소풍을 나온 듯 도
시락을 펼쳐 놓고 함께 시간을 보내는 가족
이 더러 있었다.

도시락을 먹고 다시 놀이 기구로 뛰어간
서현이가 갑자기 쪼르르 달려왔다.

"저 안에 'BTS'라고 쓰여 있어."

나도 전날 길에서 본 여자아이의 하늘색
가방에 BTS가 적혀 있는 걸 보고 반가웠다.
그런데 놀이터에도 흔적이 있다니. 유럽에서
도 K팝이 인기라는 얘길 들었을 때는 잘 실감이 나지 않았는데 여기저기서
직접 목격하게 되니 놀라웠다. 예전
에는 다른 나라를 여행하면서 삼성
휴대폰이나 현대차를 보고 반가웠는
데, 이제 한 가지가 더 늘었다.

그렇게 니스에서의 일요일은 제법
평화롭고 무난하게 흘러갔다.

세상에서 두 번째로
작은 나라, 모나코

애초의 계획은 칸과 모나코에 모두 가는 것
이었다. 하지만 니스에 있는 내내 날씨가 좋지 않아 숙소에 머무는 날이 늘

어나면서 칸과 모나코 중 선택해야 했다.

남편은 칸에 가고 싶어 했다. 영상 작업을 하는 사람이라 영화제가 열리는 도시에 가 보고 싶었던 것 같다. 나는 별생각 없었지만 굳이 선택해야 한다면 모나코에 조금 더 가고 싶었다. 작은 나라라 방문국을 한 개 더 늘린다고 하기도 민망하지만, 사실 얼마나 작은지 궁금했다.

우리는 결국 모나코로 향했다. 아이들이 모나코에 가고 싶어 했기 때문이었다. 세상에서 두 번째로 작은 나라라고 하니 궁금했던 건지, 아니면 인포메이션에서 입국 도장을 찍어 준다고 하니 그 도장을 받고 싶었던 건지는 모르겠지만, 어쨌든 모나코에 더 가고 싶어 했다. 게다가 칸까지는 왕복세 시간이 걸렸고, 모나코는 40분이면 충분했다.

포트까지 걸어가 모나코로 가는 100번 버스를 탔다. 모나코로 가는 버스는 오른쪽 좌석에 앉아야 멋진 풍경을 볼 수 있다.

충동적으로 모나코행을 택한 우리는 순간 어디서 내려야 할지 몰라 우왕좌왕했다. 대충 감으로 이쯤이면 모나코 한복판이겠지 싶은 곳에 허둥지둥 내렸다. 마침 미니카 레이싱 행사가 열리고 있었다. 장난감처럼 작고 귀여운 자동차가 엄청나게 많았다. 차에 그다지 관심 없던 남편도 눈이 휘둥그레질 정도였다. F1 레이싱으로도 유명한 모나코를 이렇게 느낄 수 있어서 좋았다. 센스 있는 운전자들은 경적도 울리고 포즈도 취하면서 관람객을 즐겁게 했다. 행사

가 진행되는 주차장 옆 포트에는 어마어마한 규모의 요트가 즐비했다.

생폴드방스는 정말 작아 두세 시간이면 충분했는데 모나코는 걸어 다니면서 모두 구경하기엔 무리가 있었다. 우리는 일단 언덕을 올라 유명하다는 호텔과 카지노를 구경했다. 보석 가게를 지나면서는 마치 박물관을 구경하듯 목걸이를 구경하기도 했다. 보석에는 관심이 없는 아이들은 금세 시큰둥해했다. 하지만 잠시 쉴 곳을 찾아 미로처럼 생긴 길을 따라 걷다가 마주한 모나코 바다를 눈 앞에 두고는 눈을 반짝였다. 탁 트인 바다가 보이는 넓은 난간에 벤치가 있는 풍경이 으리으리한 카지노와 화려한 보석보다 아름다웠다.

우리는 가방에 챙겨 둔 비스킷을 먹으며 바다를 바라봤다. 날씨도 무척 쾌청했다. 니스만 벗어나면 날씨가 좋아지다니, 참 이상했다.

그때 남편이 뜬금없이 나이 들면 이런 곳에 와서 쉬고 싶다고 말했다. 호텔에서 푹 쉬다가 지배인에게 "우리 나갔다 오겠네. 이따 보세" 하며 나와 여행을 즐기고, 돌아올 때는 지배인에게 줄 선물도 하나 마련해 건넨 다음 다시 호텔에서 쉬다가 답답해지면 또 나가고 싶다나 뭐라나. 남편이 부질없는 꿈을 구체적으로 꿀 동안 나는 이 한마디를 외쳤다.

"그래도 니스엔 다시 오고 싶지 않아!"

위기를 맞은 2,000만 원
지구 여행의 미션

니스에서는 마지막까지 신경 써야 할 일이 이어졌다. 공항에 가기 위해 우버를 부르려고 했는데 차가 없었다. 비행기 시간을 놓칠까 싶어 애가 탔다. 열쇠를 돌려주기 위해 호스트를 기다리느라 시간을 너무 지체한 사이 출근 시간이 되었는지 도통 차가 잡히지 않았다. 니스 기온이 22도라고 우기던 호스트는 끝내 얼굴을 보여 주지 않으면서도 우릴 당황스럽게 했다. 한참 늦어서야 호스트의 남편이라는 사람이 와서 열쇠를 받아 갔다.

간당간당한 시간이 되어서야 겨우 우버를 탔는데 이번엔 길이 막혔다. 이런저런 말을 걸던 기사님은 다른 길을 보여 주며 원래 이쪽으로 가야 하는데 공사 중이라 통행을 막고 있어 돌아가야 한다고 했다. 공항으로 가는 도로는 꽉 막혀 있었다.

애써 조급한 마음을 누르고 창밖으로 펼쳐진 영국인의 산책로와 니스의 바다를 마지막으로 바라봤다. 줄지어 선 상점과 호텔이 어우러진 풍경을 편안한 마음으로 기억하려고 했다. 하지만 자꾸 불안이 고개를 들었다.

다행히 늦기 전에 공항에 도착했다. 기사님은 친

절하게 우리의 배낭을 꺼내 주었다. 일단 마음이 급해 빨리 출국 수속을 마치고 난 후에야 우버 결제 금액을 확인했다. 그런데 예상을 훌쩍 뛰어넘는 금액이 결제되어 있었다. 무려 하루치 식비에 해당하는 돈이었다.

"우리 괜찮아요? 돈 많이 나왔어요?"

내 표정이 심각해 보였는지 주현이가 물었다. 이날의 우버 비용을 비롯해 터키로 가는 항공권 등 예상보다 초과한 교통비로 나는 살짝 위기감을 느꼈다. 그동안은 혼자 경비를 정산하고 있었는데, 이쯤 해서 우리가 사용한 금액을 공개하고 남은 금액을 알려 줬다.

주현이는 걱정이 됐는지 비행기 안에서 먹을 물이나 샌드위치를 사라고 했더니 괜찮다며 거절하기까지 했다. 2,000만 원으로 세계 여행을 하자는 미션 아닌 미션에 은근히 책임감을 느끼는 것 같았다. 우버 비용을 본 남편도 놀랐는지 진지하게 혼자 계산을 하기 시작했다.

나는 내색하지 않았지만, 심각한 위기를 맞은 것처럼 머리를 맞대고 고민하는 가족들이 내심 귀여웠다.

프랑스 니스 · 생폴드방스/모나코 영수증

2018. 02. 01	니스공항 → 숙소 우버	18.7유로	23,936원
	까르푸(쌀, 콜라, 물, 파인애플 주스, 조각 케이크, 스파클링 와인, 크레이프, 스테이크용 고기 등)	34.5유로	44,160원
2018. 02. 02	숙소 → 니스 해변 버스	4.5유로	5,760원
	까르푸(쌀, 물, 콜라, 바게트, 과일, 과자 등)	25.05유로	32,064원
2018. 02. 03	까르푸시티(바게트, 라면, 과일, 과자 등)	11.49유로	약 14,707원
	숙소 → 니스 해변 버스	3유로	3,840원
	니스 해변 → 생폴드방스 버스	12유로	15,360원
	생폴드방스 → 숙소 버스	4.5유로	5,760원
2018. 02. 04	숙소 → 살레야 시장 버스	3유로	3,840원
	비누	3유로	3,840원
	솜사탕	2.5유로	3,200원
	딸기	3유로	3,840원
2018. 02. 05	까르푸(삼겹살, 햄, 주스, 마들렌, 치킨 너깃, 스파게티 소스, 참치 등)	28.51유로	약 36,493원
	까르푸시티(비스킷, 음료 등)	5.52유로	약 7,066원
2018. 02. 06	항공권 프린트	6.5유로	8,320원
	까르푸시티(껌, 포도 주스, 상추 등)	8.48유로	약 10,854원
	니스 포트 → 모나코 버스	12유로	15,360원
2018. 02. 07	물	2.5유로	3,200원
	휴대폰 충전기	8.99유로	약 11,507원
2018. 02. 08	숙소 → 니스공항 우버	42.88유로	약 54,886원
사용 경비 합계		240.62유로	약 307,993원
숙박비			331,307원
항공권(이지젯)			143,678원

세상에서 가장 맛있는 디저트 : 프랑스, 파리

세상에서 가장 맛있는 디저트

프랑스, 파리

서현이가 꿈꾼
파리의 마카롱

니스를 떠나 파리로 오니 살 것 같았다. 파리는 서현이가 가장 오고 싶어 했던 도시다. '프랑스 파리의 에펠탑 앞에서 세상에서 가장 맛있는 디저트 먹기'는 서현이의 버킷리스트였다. 파리에 오기 전부터 서현이는 파리 얘기만 해도 기분이 좋은지 항상 즐거운 표정이었다. 파티시에가 꿈인 서현이에게 프랑스는 곧 디저트의 나라였다.

니스와 마르세유에서는 프랑스를 충분히 느끼지 못했는데, 파리는 달랐다. 숙소 입구에서부터 디저트 가게가 즐비했다. 오래된 건물들은 깔끔하면서도 우아한 기품이 있었다. 인테리어도 역시 파리다웠다. 조명 하나 책상 하나도 분위기가 남달랐다.

우린 파리에 도착하자마자 숙소 1층에 있는 빵집에서 커다란 마카롱을 사서 에펠탑으로 향했다. 마침 눈이 내린 에펠탑 앞에서 아이들은 신나게 눈사람을 만들었다. 남편은 역시나 사진 찍는 데 열심이었다. 그리고 나서 에펠탑을 바라보며 마카롱을 먹었다. 서현이의 꿈이 이루어지는 순간이었다.

사람들이 길게 줄 서 있던 1층 빵집의 마카롱은 최고였다. 싱싱한 산딸기가 들어간 마카롱은 입에서 살살 녹았다. 우리 모두 천상의 맛이라며 감탄했다. 마카롱을 먹으며 한 걸음 물러서 멀리 바라본 에펠탑은 달콤한 기분 때문인지 처음 봤을 때보다 더 아름다워 보였다.

서현이는 매일 에쎌납에 가고 싶어 했다. 하지만 좀처럼 시간이 나지 않았던 우리는 숙소 앞에서 에펠탑을 바라봤다. 매시간 정시에 켜지는 조명을 보기 위해 잠을 자다가도 다시 깨서 부랴부랴 옷을 챙겨 입고 문 닫힌 빵집 앞에서 에펠탑을 눈에 담았다.

"파리는 우리나라 다음으로 가장 살고 싶은 도시야!"

서현이에게 파리는 날마다 보고 싶은 에펠탑이 있고, 날마다 들르고 싶은 빵집이 있는 곳이었다. 생각만 해도 웃음이 나는 파리가 서현이는 세상에서 두 번째로 좋다고 했다. 물론 첫 번째는 우리나라였다. 서현이는 언젠가 꼭 화이트 에펠을 보러 다시 오고 싶다고 말하며 웃었다. 딸에게 행복한 웃음을 준 것만으로도 파리는 설렘이 가득한 도시임이 틀림없었다.

파리에서
카니발 즐기기

파리에서의 이튿날, 우연히 검색하다가 '파리 카니발'을 알게 됐다. 에펠탑 인근에 있는 숙소에서 지하철로 20분 정도 거리였다. 날이 좀 흐리긴 했지만 카니발이라는 두근거리는 단어를 그냥 지나칠 수는 없었다. 우린 우비와 바람막이를 챙겨 들고 출발했다.

카니발의 종착지라는 리퍼블릭 광장에 도착했지만, 그저 조용했다. 다양한 이벤트를 기대했는데 썰렁하기만 했다. 다급하게 여행 블로그를 검색해 봐도 딱히 정보가 없었다. 과연 카니발이 열리기는 하는 걸까?

길을 거슬러 퍼레이드를 찾아가기로 했다. 이 길이 맞는지 의심하고 있을 때쯤 길을 통제하는 경찰이 하나둘 보이기 시작했다. 드디어 퍼레이드를 만난 것이다. 분장을 한 사람들과 악기를 든 연주자들이 지나갔다. 이민자가 많은 나라답게 다양한 전통 의상을 입은 모습을 볼 수 있었다. 퍼레이드 참가자의 연령대도 다양했다. 구경하는 사람들보다 행진하는 사람들이 더 신난 것 같기도 했다. 카메라를 보고 자세를 취하는 사람부터 서로 마주 보고 웃으며 노래하고 춤을 추는 사람까지 모두 즐거워 보였다. 보는 나도 흥겨웠다.

백설 공주 옷을 입은 거뭇한 수염의 아저씨가 빨간 고깔모자를 쓴 난쟁이들을 이끌었다. 남미에서 온 것으로 보이는 이들은 군복을 입고 채찍을 휘둘렀다. 그 소리가 어찌나 크던지 깜짝 놀란 서현이가 내 다리에 찰싹 달라붙었다. 주현이도 눈을 동그랗게 뜨고 귀를 막았다.

이어서 역동적인 춤사위로 눈길을 사로잡은 청년들이 나타났다. 그 뒤로는 가면을 쓰고 호루라기를 부는 이들이 있었다. 작은북을 목에 건 꼬마는 퍼레이드를 즐기고 있긴 한 건지 도통 알 수 없는 무표정한 얼굴로 자기만의 무리를 이끌고 있었다. 귀여운 아이의 모습을 보면서 '우리 아이들이라면 저렇게 북을 목에 걸고 많이 사람들이 지켜보는 길을 걸을 수 있을까?' 하는 궁금증이 잠시 생기기도 했다.

우리는 퍼레이드가 다 지날 때쯤 사람이 많은 길을 피해 옆 골목으로 들어갔다. 방금까지 흥겨운 축제 무리에 섞여 있었는데 갑자기 조용한 골목과 마주하자 완전히 딴 세상에 온 것 같았다.

정신없이 퍼레이드를 보다 보니 슬슬 배가 고파져 근처의 빵집에 들렀다. 유명한 곳인지 사람들로 북적였다. 대부분 바게트를 사길래 우리

도 눈치껏 바게트를 골랐다. 그 바게트는 순식간에 우리 네 식구의 배 속으로 들어갔다. 파리에서는 어느 빵집에 들어가도 기본 이상은 한다더니 그 말이 사실이었다. 파리에서 바게트의 참맛을 알게 된 것 같았다.

우린 퍼레이드 행렬보다 먼저 리퍼블릭 광장으로 갔다. 이미 여러 사람이 모여 퍼레이드를 기다리고 있었다. 특이한 코스튬 분장을 한 사람들이 아이들에게 다가와 함께 사진을 찍어 줬다. 하지만 우리 아이들은 숫기가 없어 고개를 절레절레 흔들었다.

광장에 도착한 축제 행렬은 다시 흥이 넘치는 악기 연주를 선보였다. 목이 아플 만도 한데 여전히 웃으며 큰 소리로 노래를 불렀다. 구경하던 사람

TIP 파리 카니발 Carnival de Paris

구글 지도를 통해 우연히 알게 된 카니발이다. 매년 2~3월 사이에 사순절을 앞두고 열린다. 사순절은 그리스도의 수난을 되새기며 금욕하는 기간을 말한다. 사순절 전에 풍족하게 지내며 축제를 즐기는 것이다. 2018년의 파리 카니발은 2월 11일 오후 2~5시 사이에 열렸다. 퍼레이드 행렬은 파리 20구 감베타Gambetta 광장에서 출발해 벨르빌르Belleville가를 지나 리퍼블릭Republique 광장에 도착한다. 광장에서 8시까지 축제가 이어진다. 당연히 무료로 즐길 수 있다.

들도 모두 하나가 되어 빙 돌아가며 손뼉을 치고 춤을 추며 노래를 따라 불렀다.

나는 잠시 축제를 준비하기 위해 사람들이 모이는 장면을 상상해 봤다. 함께 의상을 맞춰 입고 노래를 부르며 웃고 떠들던 날들이 얼마나 행복했을까? 내가 그 퍼레이드의 일원이 되어 함께 연습하는 모습도 상상해 보니 웃음이 났다.

기대 없이 만난 파리 카니발은 잊을 수 없는 경험이었다. 특히 퍼레이드를 보며 생각해 본 적 없는 일상을 상상해 볼 수 있어 행복했다.

딸과 함께한
미술관 데이트

서현이와 단둘이 미술관 데이트에 나섰다. 남편과 주현이는 숙소에서 쉬고 싶다고 했지만, 파리가 로망의 도시였던 서현이는 마지막 날을 숙소에서 보내고 싶지 않아 했다. 그래서 우린 함께 미술관에 가기로 했다.

"엄마 이 길 맞아? 내가 한번 볼래."

평소 길 찾기는 남편 담당이었지만, 이번엔 내가 찾아가야 했다. 나는 구글 지도를 켠 다음 서현이의 손을 잡았다. 음료 한 병을 챙기고 센^{Seine} 강을 따라 걸었다. 산책하듯이 길을 나서자 마음이 들뜨기 시작했다. 하지만 서현이는 내가 영 못 미더운지 이 길이 맞냐고 몇 번이나 되물었다.

센강을 따라가다 보면 파리시립현대미술관이 나온다. 파리시립현대미

술관에서 가장 유명한 작품은 라울 뒤피의 〈전기의 요정〉이다. 세계 최대의 회화 작품이라고 하는 〈전기의 요정〉은 세로가 10미터에 가로 넓이는 무려 60미터였다. 250여 개의 베니어판에 유화로 작업했다고 하는데, 실제로 보니 엄청난 규모가 실감 났다. 전기의 역사와 선기에 대한 고마움을 기리기 위해 110명의 전기 과학자를 그린 작품이었다. 레오나르도 다빈치, 와트, 마리 퀴리, 에디슨, 벨처럼 익숙한 과학자들의 모습을 찾을 수 있었다. 숙소에서 쉬고 있는 주현이가 봤다면 아주 흥미로워했을 것이다. 하지만 내가 가장 좋았던 건 모딜리아니의 그림을 실제로 볼 수 있었던 것이었다. 〈파란 눈의 여인〉을 보자 한동안 그 앞을 떠날 수 없었다. 어쩐지 슬프고 또 어쩐지 마음이 차분해졌다.

파리시립현대미술관을 둘러본 다음에는 프티 팔레^{Petit Palais}로 갔다. 프티 팔레는 시립미술관에서 17분 정도 걸어가면 찾을 수 있다. 마찬가지로 센 강을 따라 쭉 걷기만 하면 된다. 알렉상드르 3세 다리 바로 앞에 있어 쉽게 찾았다. 프티 팔레 역시 시립미술관처럼 무료 전시와 유료 전시가 나뉘어 있어 서현이와 나는 부담 없이 들러 보기로 했다.

미술관 앞에는 입장을 기다리는 사람들의 줄이 길었다. 하지만 거리의 악사가 연주하는 곡을 듣고 있자니 기다리는 시간도 지루하지 않았다.

프티 팔레에 들어서자 천장이 먼저 눈에 띄었다. 둥글고 높은 천장에는 아름다운 조각과 벽화가 있었다. 처음부터 시선을 잡아끄는 미술관의 분위기가 마음에 들었다.

프티 팔레에는 모네, 피사로, 들라크루아, 앵그르, 쿠르베, 시슬리, 푸생 같은 프랑스 화가와 렘브란트, 루벤스, 로댕, 카미유 클로델 같은 외국 예술가의 작품이 전시되어 있어 이곳저곳으로 눈이 돌아갔다. 모네의 〈겨울, 센강의 일몰〉을 보고 고개를 돌리면 마네와 세잔의 작품이 있는 식이었다. 그림뿐만 아니라 과거의 사람들이 사용했던 가구와 소품 같은 물건들도 구경할 수 있다는 점이 재밌었다. 서현이는 그림보다 핑크색의 다양한 상자와 연주하는 원숭이들로 장식된 시계가 더 인상적이었던 것 같았다.

프티 팔레를 거쳐 센강을 따라 계속 걸으면 오랑주리미술관이 나오고, 오랑주리미술관을 지나 계속 걷다 보면 루브르박물관이 나왔다. 프티 팔레를 둘러본 우리는 다시 손을 잡고 숙소를 향해 걸었다. 사실 서현이와 함께 파리 시내를 걷는 것만으로도 좋았다. 미술관 관람은 그저 행복한 덤이었다.

무료로 관람할 수 있는 파리 미술관

파리시립현대미술관 상설 전시가 무료다. 라울 뒤피의 〈전기의 요정〉과 앙리 마티스의 〈춤〉, 모딜리아니의 그림 등을 볼 수 있다. 백남준의 작품도 있다고 했는데 우리가 갔을 때는 볼 수 없었다.

프티 팔레 미술관 파리시립현대미술관에서 대관람차가 보이는 방향으로 센강을 따라가면 프티 팔레와 그랑 팔레가 나온다. 그랑 팔레는 유료지만, 프티 팔레는 무료입장도 가능하다. 입장 후 매표소에 줄을 서기도 하는데, 이는 오른쪽의 유료 전시를 관람하기 위해서다. 왼쪽 관람실이 무료 전시인데, 무료라고 믿어지지 않을 만큼 많은 작품을 볼 수 있다. 특히 인상파 화가의 작품이 많다. 입구의 줄 서는 곳 오른편 구석에 있는 작은 문으로 들어가면 줄을 서지 않고 바로 입장할 수도 있다. 대신 거꾸로 관람한다고 생각하면 된다.

프랑스 파리 영수증

날짜	내역	유로	원
2018. 02. 08	오를리공항 → 숙소 택시	30유로	38,400원
	까르푸시티(콜라, 물, 쌀, 맛살 등)	5.71유로	약 7,309원
	까르푸시티(바나나, 감자, 오렌지, 상추, 감자칩, 햄, 쌀 등)	17.61유로	약 22,541원
	넬리 줄리엔Nelly Julien 마카롱	4.5유로	5,760원
	넬리 줄리엔(바게트)	1유로	1,280원
2018. 02. 09	까르푸시티(숙주, 쿠키, 달걀, 파프리카, 햄, 스파게티 등)	8.75유로	11,200원
	루브르박물관 입장료 및 오디오 가이드	35유로	44,800원
	루브르박물관 곰 인형	14.5유로	18,560원
	까르푸시티(돼지 안심, 초코 쿠키 등)	4.91유로	약 6285원
	넬리 줄리엔(바게트)	1.25유로	1,600원
2018. 02. 10	서현이 운동화	39유로	49,920원
	리더프라이스 마트(팝콘, 쿠키, 주스 등)	2.44유로	3,123원
	까르푸시티(스테이크용 고기)	24.46유로	약 31,309원
	넬리 줄리엔(바게트, 머랭 쿠키)	2.2유로	2,816원
2018. 02. 11	까르푸시티(쌀, 환타, 소고기 스톡)	5유로	6,400원
	숙소 ↔ 리퍼블리크역 왕복 지하철	11.4유로	14,592원
	바게트	0.95유로	1,216원
2018. 02 12	넬리 줄리엔(바게트)	1유로	1,280원
	숙소 → 샤를드골 국제공항 택시	55유로	70,400원
	샌드위치, 콜라	9.4유로	12,032원
	과자, 생수	5.5유로	7,040원
사용 경비 합계		279.58유로	약 357,863원
숙박비			610,426원
항공권(이지젯)			140,198원

대서양을
넘어서

내가 사랑한 도시 : 미국, 뉴욕

내가 사랑한 도시

미국, 뉴욕

힘들었던 시차 적응

살인적인 물가를 자랑하는 뉴욕에서도 비용을 들이지 않고 할 수 있는 일이 많았다. 나는 저렴한 맛집과 무료로 가능한 관광, 그리고 효율적으로 움직일 수 있는 루트를 검색해 두었다. 하지만 파리 공항에서의 대기 시간이 길어져 예정과 달리 밤늦게 뉴욕에 도착하는 바람에 몹시 피로했다. 게다가 도착하자마자 다음 날 아침 일찍부터 유심도 사고 쇼핑도 했더니 더 빨리 지쳤다. 페리를 타고 자유의 여신상도 보고 월스트리트도 가려고 했지만, 추운 날씨와 피곤한 몸 때문에 남편은 일정을 바꿔 자연사박물관에 가자고 했다. 과학을 좋아하는 주현이는 당연히 찬성이었다.

센트럴파크 앞에서 미국에 왔으면 한 번쯤 먹어 봐야 한다는 네이선스 Nathan's 핫도그로 배를 채우고 영화 〈박물관이 살아있다〉의 배경이 된 자연사박물관으로 향했다.

가장 먼저 우릴 반겨 준 건 커다란 코끼리였다. 박물관은 무척 넓어서 걸어도 걸어도 끝이 없었다. 주현이는 시대와 지역에 따라 나누어진 관람실을 따라가며 마치 큐레이터처럼 하나하나 설명했다. 책에서만 보던 동물과 화석, 뼈들이 곳곳에 있었다. 주현이에게 자연사박물관은 그 어느 나라보다 흥미로운 곳이었다. 아시아관에는 한국 부스도 있었는데 조선 시대를 표현한 모습이 인상적이었다.

"우리도 여기 누워 볼까?"

박물관을 돌아보다 지친 우리는 다른 사람들처럼 커다란 고래 아래 누워 잠시 쉬었다. 하지만 어쩐 일인지 컨디션은 점점 더 나빠졌다. 몸이 피곤하니 박물관이 한없이 크게 느껴졌다. 결국 우리는 박물관을 다 돌아보지 못한 채 빠져나와야 했다.

숙소로 돌아오는 길도 매우 멀게 느껴졌다. 아픈 다리를 이끌고 힘겹게 숙소에 들어선 우리는 쓰러지듯 널브러졌다. 야경을 보러 엠파이어스테이트빌딩에 가려고 했는데 도저히 나갈 수 있는 상태가 아니었다.

좁은 욕실에서 샤워한 다음 겨우 식사를 챙겨 먹고 자리에 누웠다. 뉴욕의 야경을 포기한 우리는 영화 〈박물관이 살아있다〉를 보며 쉬기로 했다. 아이들의 반응은 거의 폭발적이었다. 바로 직전에 갔던 자연사박물관을 배경으로 한 영화가 친숙하면서도 신기한 듯 장면마다 눈을 떼지 못했다.

나는 침대에 가만히 누워 하루가 왜 이렇게 유난할 정도로 힘들었는지 헤아려 봤다. 곰곰이 생각해 보니 시차 때문이었다. 역시 우리 몸은 정확하구나 싶었다. 뉴욕의 밤이 아쉽게 지나가고 있었지만, 시차로 인한 피로감 때문에 손가락 하나 움직이고 싶지 않았다.

햄버거의 나라

　　　　　　　　우리에게 미국은 '햄버거의 나라'다. 미국에 왔는데 햄버거를 먹어 보지 않는 건 있을 수 없는 일이었다. 햄버거는 우리 가족의 솔푸드이기 때문이다. 미국 햄버거를 검색하면 3대 햄버거가 나오는데 동부에서는 우리에게도 잘 알려진 쉑쉑Shake Shack과 오바마 전 미국 대통령이 좋아한다는 파이브가이즈Five Guys가 유명하고, 서부에서는 인앤아웃 IN-N-OUT Burger이 유명하다고 한다.

　미국에 온 첫날, 쉑쉑으로 갔다. 아직 이른 시간이라 우리가 쉑쉑 타임스스퀘어 지점의 첫 손님이었다. 안에서는 오픈 준비가 한창이었다.

　우린 간단하게 햄버거와 콜라를 주문했다. 드디어 음식이 나오고 한 입 베어 문 순간, 세상에! 빵은 부드럽고 채소는 신선하고 고기에서는 육즙이 흘렀다. 햄버거를 특히 좋아하는 주현이는 물론이고 양이 적은 서현이까지 금세 하나를 다 먹었다.

　둘째 날에는 파이브가이즈에 가기로 했다. 오전에 숙소를 나선 우리는 이번에도 첫 번째로 줄을 섰다. 오픈까지는 10분 정도 기다려야 했는데, 옷을 단단히 껴입었음에도 추웠다. 그런데 오픈 준비 중이던 직원이 우릴 보더니 안에 들어와서 기다리라며 문을 열어 줬다. 차가운 뉴욕의 이미지를 생각하고 온 우리는 낯선 친절에 어

리둥절했지만, 매장에 들어서자 역시 마음이 들떴다. 자리를 잡고 신중하게 메뉴판을 분석했다. 파이브가이즈는 은박지에 싸 주는 햄버거와 무제한 제공되는 땅콩으로 유명하다. 주문 후 계산대 옆의 땅콩을 챙겼다. 흔한 땅콩인데 조금 더 짠맛이었다.

　드디어 햄버거가 나왔다. 햄버거를 건네주던 직원이 파이브가이즈는 감자튀김도 유명한데 시키지 않았냐고 물었다. 세계를 돌아다니며 햄버거를 먹다 보니 어느 순간부터 감자튀김을 거의 남기고 해서 우리는 햄버거와 음료만 주문했다. 그런데 감자튀김도 먹어 보라며 종이팩에 가득 담아 주는 것이었다. 뉴욕 한복판이 아니라 미국 어느 시골 마을에 있는 햄버거 가게에라도 온 것처럼 살가운 친절이었다.

　파이브가이즈는 쉑쉑과 완전히 달랐다. 육즙이 더 진하고 패티도 두툼했다. 쉑쉑 버거가 신선한 맛이라면 파이브가이즈 버거는 투박하고 거친 맛이었다. 나는 파이브가이즈의 그 투박한 맛이 참 매력적이었다. 하지만 나

　　　　　　　　　　　　　　　　　　　　60일의 지구 여행

를 제외한 가족들은 다 쉑쉑이 더 맛있다고 했다.

여행 내내 꾸준히 먹었던 햄버거는 한국에 와서도 여전히 질리지 않았다. 역시 우리 가족의 솔푸드다웠다.

뉴욕 한복판에서
우연히 만난 후배

둘째 날에는 페리를 타고 월스트리트에 갈 예정이었지만, 시차에 적응하지 못한 아이들의 컨디션이 좋지 않아 다시 일정을 조정했다. 일단 황소상과 사진을 찍기 위해 줄을 섰는데 낯익은 인영이 우릴 지나쳐 갔다. 어? 돌아보니 남편의 직장 후배였던 주희 씨였다.

뉴욕에 도착한 후 조금 여유가 생길 무렵 잠시 짬을 내 SNS를 살펴봤는데 주희 씨가 뉴욕에 온다는 소식이 있었다. 날짜도 우리가 뉴욕에 머무는 기간과 딱 맞았다. 그래서 우리는 주희 씨에게 메시지를 보내 만나기로 했다.

막 뉴욕에 도착한 주희 씨는 우릴 보기 위해 공항에서 바로 맨해튼 버스 터미널로 왔다. 뉴욕에서 만나게 될 줄은 꿈에도 몰랐기에 정말 반가웠다. 낯모

르는 한국 사람도 반가울 마당에 지인을 만났으니 얼마나 반가웠는지 모른
다. 뉴욕이 로망의 도시라는 주희 씨는 들뜬 마음을 감추지 못했다. 일정이
달라 긴 시간을 함께하지 못한 우리는 마침 생일을 맞은 주희 씨에게 여행
경비를 조금 쥐어 주며 한국에 돌아간 후에 다시 만나자고 약속했다.

그런데 우리가 일정을 바꾸는 바람에 바로 다음 날 뉴욕 한복판에서 다
시 만나게 된 것이다. 아무리 그래도 이렇게 넓은 뉴욕에서 우연히 다시 만
날 수 있다니, 세상 참 좁다고 생각했다. 주희 씨와 주희 씨의 친구는 페리
를 타러 왔다가 사람이 많아서 포기하고 브루클린브리지에서 사진을 찍고
오는 길이라고 했다. 우린 함께 월스트리트 여행을 하기로 했다.

뉴욕 증권거래소와 미국 의회 구 의사당이었던 페더럴홀Federal Hall에 들렀다.
트리니티Trinity 교회에도 가고, 그라운드 제로Ground Zero까지 함께 여행했다. 주희
씨와 동행한 친구도 인상이 무척 좋았다. 미용 일을 하며 경비를 벌어 여행

중이라고 했다. 그런 능력이면 어디서든 일과 여행을 함께할 수 있을 것 같았다. 용기가 대단하다고 생각했다. 내가 해 보지 못한 여행을 계획하고 실천하고 있는 친구가 멋있었다. 그 친구는 반대로 우리를 보며 가족과 함께하는 여행을 꿈꾸게 되었다고 했다.

남편이 가 보고 싶어 했던 블루보틀에서는 주희 씨가 커피를 샀다. 아이들은 코코아를 마셨다. 두 친구는 텀블러를 구경하면서 살까 말까 한참을 고민했다. 물욕이 배낭 무게에 대한 걱정을 이기지 못한 나는 두 친구의 수다를 지켜봤다. 신중하게 텀블러를 살펴보는 모습이 사랑스러웠다. 결국 둘은 텀블러를 하나씩 샀다. 텀블러를 사용할 때마다 뉴욕을 생각하겠지? 그렇다면 나는 무엇으로 뉴욕을 떠올리게 될까? 아마 이 남편의 후배를 볼 때마다 뉴욕이 떠오를 것 같았다. 여행 중에 만난 지인이 좀 더 특별한 인연으로 느껴지는 순간이었다.

뉴욕을 즐기는
우리만의 방법

작은 터미널 정도의 규모일 거라 생각한 페리 선착장은 생각보다 컸다. 페리는 스태튼아일랜드Staten Island를 왕복하는 무료 교통수단이다. 출퇴근용으로 운행되고 있다고 하는데, 자유의 여신상을 볼 수 있어 관광객에게도 필수 코스로 여겨지고 있다. 페리에 탄 다음 오른쪽에 자릴 잡아야 자유의 여신상을 볼 수 있다.

커다란 배가 출발하자 맨해튼섬이 점점 멀어졌다. 저 멀리 자유의 여신상이 보이기 시작했지만, 나는 등 뒤의 맨해튼섬과 브루클린브리지에 더 시선을 뺏겼다. 영화 같은 뉴욕의 풍경이 아름다웠다.

페리는 20분 정도 운항한 후 항구에 도착했다. 풍선을 파는 아저씨는 바람에 날리는 풍선을 잡으려고 정신이 없었고, 몸을 흔들며 음악을 듣는 청년의 이어폰 속 음악 소리가 우리에게까지 들렸다. 사소하면서도 이국적인 모습이 머릿속에 하나둘 기억됐다.

일정이 짧은 우리는 곧바로 맨해튼으로 돌아가기 위해 배에서 내리자마자 다시 탑승구를 향해 갔다. 올 때는 서서 사진 찍기 바빴던 사람들도 돌아갈 때는 대부분 의자에 편히 앉아 있었다. 불과 20분 전과 너무 다른 모습에 웃음이 났다. 다른 사람들과는 반대로 나는 돌아갈 때가 되어서야 자유의 여신상을 눈여겨봤다. 나에게만 주어진 풍경처럼 여유롭게 자유의 여신상을 살펴볼 수 있었다.

뉴욕은 미식의 도시지만, 물가가 비싸고 팁과 부가세도 높다. 그래서 나는 뉴욕에 오기 전 팁과 부가세 부담 없이 즐길 수 있는 맛집을 검색했다.

60일의 지구 여행

마침 근처에 검색했던 곳 중 하나인 포케볼Poke Bowl이라는 하와이식 스시 덮밥을 파는 데가 있었다. 원하는 메뉴를 고르면 포장해 준다. 건너편에는 멜트샵MELT SHOP이 있어 미국식 샌드위치도 샀다.

이스트East강이 보이는 곳에 자리를 잡았다. 커다란 배가 눈에 띄었다. 사우스 스트리트 시프트 뮤지엄South Street Seaport Museum의 범선들이었다. 우린 산책 나온 것처럼 한적한 항구에 앉아 점심을 즐겼다.

따뜻한 햇볕과 이스트강의 풍경이 마음을 평화롭게 했다. 뒤로는 브루클린과 월스트리트가 있고 눈앞에는 멋진 범선이 있었다. 포케볼의 맛은 훌륭했고 샌드위치도 나쁘지 않았다.

남편은 뉴욕에서 활동하는 세계에서 가장 유명한 유튜버 중 한 명인 '케이시 네이스탯'의 영상을 자주 본다. 자유로운 영혼의 영화 제작자인 네이스탯은 다양한 장비로 촬영한 독특한 영상을 유튜브에 올린다. 그 네이스탯이 날마다 조깅을 하는 장소가 바로 브루클린브리지 아래였다. 식사 후 우리는 그 길을 찾아갔다.

유튜브에서 자주 보던 장소에 직접 와 있다는 것이 신기했다. 자전거를 타거나 조깅하는 사람들이 오갔다. 금방이라도 네이스탯이 지나갈 것 같은 느낌이었다. 우리는 그 길을 걷다가 다시 벤치에 앉아 브루클린브리지를 바라봤다. 무언가 특별한 걸 하지 않아도 모든 게 반짝이는 완벽한 하루였다.

물집과의 전쟁

서현이는 피곤하거나 식욕이 떨어졌다 싶으면 입안에 물집이 생겨 고생이다. 이번 여행 중에도 네 번이나 입안에 물집이 생겼다. 두 번째까지는 평소 다니던 병원에서 처방받아 챙겨 온 약을 먹이고 신경 써서 체력 관리를 했더니 무사히 넘어갔다. 그런데 뉴욕에서 또다시 입안에 물집이 생겼다.

뉴욕에서 사흘째 되던 날, 첫날 보지 못한 엠파이어스테이트빌딩에서의 야경을 보기 위해 낮잠을 한숨 자고 일어났는데 서현이가 입을 내밀었다. 물집이 생긴 것이다. 처방받았던 약이 1~2일 분량밖에 남아 있지 않아서 조금 당황했다. 시간을 확인하니 오후 3시였다. 우리 부부는 서둘러 구글 지도로 약국을 검색하고 약을 사러 나갔다.

5분 거리에 있는 약국에 도착해 약을 찾았다. 하지만 온통 영어로 된 약들 사이에서 원하는 걸 찾으려니 눈에 잘 들어오지 않았다. 결국 약사에게 한국에서 받은 처방전 봉투를 보여 주고 서현이의 입안 상태를 설명했더니 바이러스 약은 의사의 처방전이 있어야 한다는 대답이 돌아왔다. 미국에서 선뜻 병원에 가는 게 부담스러웠던 우리는 일단 남은 약을 먹이고 입속을 치료하는 약을 사기로 했다. 그래도 낫지 않으면 패트리샤와 아담이 있는 팰로앨토에서 병원에 가기로 결정했다.

남편과 나는 검색 끝에 미국에서 쉽게 구할 수 있는 입속 치료 약을 두 개 찾았다. 입병에는 비타민 B를 먹으면서 관리하는 게 낫겠다고 생각해 검색한 약뿐만 아니라 키즈 영양제, 가글로 된 구강 청결제도 함께 구매해 숙소로 돌아왔다.

야경을 보려던 계획은 당연히 취소됐다. 우린 일단 아이들을 푹 쉬게 했다. 나는 저녁으로 먹을 음식을 사러 나갔고, 남편은 입병 치료에 좋은 방법을 계속 검색했다. 깊게 잠든 서현이는 저녁을 먹는 동안에도 깨지 않았다.

여행 중 가장 당황스러울 때는 일정이 틀어지거나 길을 헤맬 때가 아니라 아이들이 아플 때다. 의외의 상황은 여행이 주는 또 다른 재미로 여길 수 있지만, 아이들이 아프면 여행에 대한 어떤 것도 생각나지 않는다.

다음 날 워싱턴으로 이동하면서도 꾸준히 약을 발랐다. 가글도 하고 비타민 B도 열심히 먹었더니 어느새 물집이 많이 줄어 있었다. 다행히 친구가 있는 팰로앨토에 도착했을 때는 서현이의 입병도 완전히 나아 병원에 갈 일은 없었다.

런던에 도착했을 때는 내가 런던에 있다는 게 실감 나지 않았는데, 뉴욕

뉴욕 레스토랑 위크 & 뮤지컬 위크

일 년에 두 번, 1~2월과 7~8월에 진행된다. 레스토랑과 뮤지컬 공연을 평소보다 저렴한 가격으로 즐길 수 있다. 미슐랭 셰프의 레스토랑이나 유명 뮤지컬도 포함되는 경우가 많으니 여행 일정을 맞춰 보는 것도 좋다. 예약은 필수다.

에 왔을 때는 그런 느낌이 전혀 없었다. 한 달 넘게 여행을 하다 보니 새로운 나라에 대한 감흥이 떨어진 건가 싶었다. 그런데 뉴욕을 떠나려고 하니까 갑자기 아쉬운 마음이 들었다. 언젠가 다시 가고 싶은 도시는 많았지만, 떠나는 순간이 아쉬운 건 처음이었다. 반드시 다시 뉴욕에 와서 못해 본 모든 것을 다 해 보리라 마음먹었다.

           60일의 지구 여행

미국 뉴욕 영수증

날짜	항목	달러	원
2018. 02. 12	휴대폰 로밍	9.5달러	10,089원
	JFK 공항 → 숙소 택시	80달러	84,960원
2018. 02. 13	쉑쉑 버거	21.73달러	약 23,077원
	유심 2개	57.2달러	약 60,746원
	홀푸드마켓(스테이크용 고기, 쌀 등)	16달러	16,992원
	잭스마트(치약, 해바라기씨, 비스킷 등)	8.81달러	약 9,356원
	터미널 화장실 안내 팁	1달러	1,062원
	주희 씨 생일	20달러	21,240원
	자연사박물관 기부	20달러	21,240원
	네이선스 핫도그	5.5달러	5,841원
	숙소 ↔ 자연사박물관 왕복 지하철	24달러	25,488원
	1달러 피자 세트	2.75달러	약 2,921원
	남편 담배	15달러	15,930원
2018. 02. 14	파이브가이즈	28.81달러	약 30,596원
	타임스퀘어 ↔ 페리 선착장 왕복 지하철	12달러	12,744원
	콜라	1.75달러	약 1,859원
	포케볼	7.95달러	약 8,443원
	멜트샵 샌드위치	9.79달러	약 10,397원
	피자	1달러	1,062원
	서현이 약	21.34달러	약 22,663원
	치폴레Chipotle	13.12달러	약 13,933원
	레드포케Red Poke	12.5달러	13,275원
	콜라(2L)	2.5달러	2,655원
2018. 02. 15	숙소 팁	3달러	3,186원
	사용 경비 합계	395.25달러	약 419,755원
	숙박비		407,000원
	항공권(노르웨이진)		1,205,000원

미국 역사박물관에 가다 : 미국, 워싱턴 D.C.

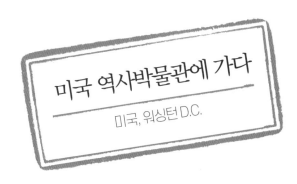

미국 역사박물관에 가다

미국, 워싱턴 D.C.

불안한 워싱턴의 밤과
충만치킨

　　　　　　　　　　미국에서 도시를 이동하는 건 유럽의 도시
간 이동보다 비싸다. 게다가 비행기로 이동하게 되면 공항에서 도심까지
가는 시간이 추가된다. 보안검색도 강화되어 예상보다 더 많은 시간이 걸
릴 수 있다. 그래서 우리는 메가버스를 타고 워싱턴으로 갔다.

　우리가 워싱턴에서 내린 곳은 유니언스퀘어로, 모든 대중교통이 모인 곳
이다. 유니언스퀘어를 중심으로 안쪽에 백악관과 박물관들이 있다. 우리
숙소는 유니언스퀘어 외곽이었다.

　워싱턴 숙소를 정할 때 고민이 많았다. 박물관 근처로 잡고 싶었지만, 예
약 가능한 곳이 없었다. 할 수 없이 조금 거리가 있더라도 숙소 상태가 좋
은 곳을 골랐다. 호스트는 예약 전부터 언제 어떻게 오는지 자세히 물었다.
그리고 숙소에서 백악관과 박물관에 어떻게 갈 수 있는지, 근처 마트는 어
디 있는지, 대중교통은 어떻게 이용하면 되는지 등을 자세히 알려 주었다.
관광지에서는 조금 멀었지만, 호스트의 정성에 결국 예약을 했다.

메가버스Megabus

메가버스는 1달러 버스로 유명하다. 메가버스를 이용하면 넓은 미국에서도 저렴한 가격으로 도시 이동을 할 수 있다. 가장 처음 예약하는 사람은 1달러이고, 예약자가 늘어날수록 요금이 비싸지는 재밌는 구조다. 우리는 1인당 1~2만 원 정도 가격으로 예약했다. 버스는 보안검색도 없고 정류장도 도심에 있어 편리하다. 탑승 시간도 조절할 수 있다. 또한, 와이파이도 가능하고 영화도 볼 수 있는 경우가 있다. 추가 요금을 지불하고 2층 앞자리를 예약하면 투어버스를 탄 것처럼 경치를 보며 여행할 수 있다. 앱으로 예약 가능하며 출력해 온 티켓을 보여 줘야 하지만, 메일이나 앱을 보여 주는 것만으로 승차가 가능하기도 하다. 버스 내부에는 콘센트와 USB 충선 포트가 있다.

메가버스 외에 그레이하운드Greyhound라는 버스도 많이 이용한다.

워싱턴은 당연히 안전한 지역이라고 생각했는데, 막상 와 보니 치안이 좋지 않았다. 수리가 되지 않은 채 방치된 오래된 집이 많았다. 지나가는 사람도 별로 없어 황량한 느낌이었다. 안전이 가장 중요했던 우리는 굉장히 당황했다. 게다가 숙소는 반지하였다. 하지만 갓 인테리어를 끝낸 듯 무척 깨끗했다. 세탁기에 건조기까지 갖춰져 있었다. 심지어 식탁 위에는 초까지 있었다. 결국 우리는 낮에 여행하고 어두워지기 전에 숙소에 돌아오는 것으로 워싱턴에서의 계획을 세웠다.

첫날은 짐을 내려놓고 숙소 근처를 둘러봤다. 그런데 근처에 치킨집이 있었다. 이름하여 충만치킨! 워싱턴에서 한국 치킨을 먹을 수 있다는 사실

에 감격한 우리 가족은 신나서 매장으로 들어갔다. 주문을 받는 직원이 한
국인 같아 말을 걸었더니 사장님의 딸이라고 했다. 우린 이 지역이 안전하
냐고 물었다.

"밤에는 돌아다니지 않는 게 좋아요."

역시나 했던 불안이 걱정으로 바뀌었다.

한국에서도 못 먹어 본 충만치킨을 미국에서 먹으니 향수병이 조금 사라

행정 도시 워싱턴에 관해!

워싱턴은 세종시처럼 정부 기관이 모여 있는 행정 도시다. 워싱턴에 근무하는 사람들은 주로 뉴욕에 거주하는 일이 많았다. 그래서 도시 외곽에는 정부 기관, 박물관, 공공장소를 관리하는 경비원이나 청소원 등의 직업을 가진 이들이 주로 거주했다. 우리 숙소가 있던 곳도 그 지역이었다. 하지만 이제 워싱턴 외곽도 집값이 오르는 추세라 그곳에 살던 사람들도 점점 다른 곳으로 밀려나고 있다고 한다.

진 느낌이었다. 게다가 돌아오는 길에 들린 마트에는 너구리 라면과 갈비 소스, 국수 등 한국 음식 재료가 있었다. 반가운 마음에 이것저것 사서 숙소로 왔다.

"우리가 간 데가 충만치킨 미국 1호점이었어!"

그새 검색을 마친 남편이 말했다. 별것 아니지만 어쩐지 신기하고 재밌었다. 우린 다시 문단속을 하고 잠자리에 들었다.

박물관의 천국

워싱턴에는 내셔널몰National Mall이라는 커다란 중앙 공원을 중심으로 수많은 박물관과 공공 기관이 자리 잡고 있다. 게다가 서큘레이터Circulator라는 1달러 버스가 시내를 순환하고 스마트립Smartrip이라는 교통카드가 있으면 2시간 내에 환승할 수 있어 여행하기 편리하다.

우린 서큘레이터 버스를 타고 내부에 비치된 팸플릿을 보며 동선을 짰다.

링컨 기념관

시작은 링컨 기념관이었다. 영화 〈포레스트
검프〉에 나왔던 리플렉팅풀Reflecting Pool과 저
멀리 보이는 워싱턴기념탑이 우릴 반겼다.
남편은 'I Have A Dream'으로 시작하는
마틴 루서 킹 목사의 연설을 기념하는 글귀
가 적힌 바닥이 인상 깊었는지 오랫동안 바
라봤다. 모르고 지나칠 뻔한 걸 주현이가
발견해서 알려 줬다고 했다. 주현이는 마틴
루서 킹이 연설을 하게 된 역사를 설명해
주기도 했다. 책에서 본 내용을 눈으로 확인할 수 있었다.

한국전쟁 참전 용사 기념비

링컨 기념관을 둘러본 다음에는 바로 앞에 있는 한국전쟁 참전 용사 기념
비가 있는 곳으로 갔다. 마침 비가 와서 분위기가 한층 경건해졌다. 우비
를 두르고 군모를 쓰고 총을 든 동상들이 마치 살아 있는 것처럼 생생한 눈

빛으로 자리에 머물러 있었다.
그 옆에 벽처럼 세워진 기념비
가 있다. 기념비에는 참전 용사
들의 얼굴이 새겨져 있었다. 한
국전쟁에 대해 잘 모르는 아이
들도 실제를 방불케 하는 동상

을 보고 무언가 느껴지는 게 있었는지 조용했다. 마치 전쟁터 한가운데 있는 것처럼 당시의 상황을 눈에 그릴 수 있게 재현하고 있어 마음이 깊게 가라앉았다.

워싱턴 항공우주박물관

남편과 주현이가 그토록 가고 싶어 했던 항공우주박물관에 도 들렀다. 라이트 형제의 비행기가 전시된 곳이다. 우리가 워싱턴에 오게 된 이유도 이 항공우주박물관 때문이었다.

호기심이 많고 과학을 좋아하는 아이들과 여행한다면 꼭 가 봐야 할 장소다. 항공우주박물관에는 달에 다녀온 로켓과 우주복, 내부를 볼 수 있는 커다란 비행기 등 항공 우주에 대한 모든 것이 망라되어 있다.

그런데 여행 전 자료를 찾아보며 기대에 부풀었던 남편은 실제 박물관에 도착하자 체력의 한계에 부딪혔다. 의외로 박물관을 관람하는 데는 엄청난 체력이 요구된다. 미술관이나 박물관에 갈 때마다 관람할 거리가 아직 남았는데 다리가 아파서 다 둘러보지 못하는 경우가 허다했다. 결국 남편은 앉아서 쉬고 나는 아이들과 함께 항공우주박물관을 구경했다.

나는 이곳에서 대서양을 횡단한 최초의 여성 비행사 아멜리아 에어하트 Amelia Earhart를 알게 됐다. 라이트 형제의 비행기와 여러 종류의 우주선도 봤지만, 내 가슴속에 들어온 건 아멜리아 에어하트였다. 하늘의 퍼스트레이

디라 불린 에어하트는 남자들만의
영역으로 여겨지던 비행 분야에서
수많은 도전을 했다. 당당하고 자
부심 어린 표정이 멋있었다. 함께
걷는 아이들을 보며 나중에 커서
에어하트처럼 자신만의 인생을 개
척해 가는 모습을 떠올려 보기도
했다.

숙소에 돌아와 〈박물관이 살아있다 2〉를 봤는데, 2편의 주인공이 바로
아멜리아 에어히트였다. 영화 속에서도 호기심 많고 용기 있는 모습이 인
상 깊었다.

미국 역사박물관

워싱턴에서의 마지막 날에는 국립자연사박물관과 국립미술관에 갔다. 워
싱턴기념탑, 국립 아프리카계 미국인 역사문화박물관, 스미스소니언 미국
역사박물관, 국립자연사박물관, 국립미술관이 모두 같은 길에 있다. 우린
먼저 워싱턴기념탑을 구경한 후 역사박물관으로 갔다. 국립 아프리카계 미
국인 역사문화박물관은 사전에 예약해야 하는데 시간이 맞지 않았다. 우리
는 국립자연사박물관과 국립미술관 위주로 동선을 짰지만, 역사박물관도
볼거리가 무궁무진했다. 심지어 주현이는 이번 여행에서 미국 역사박물관
이 가장 좋았다고 했다.

우리는 서로의 관심사에 따라 남편과 주현이는 에디슨관으로 가고 나와

서현이는 음식역사관으로 갔다. 음식역사관에는 통조림부터 피자까지 미국인들이 먹었던 음식이 총망라되어 있었다. 특히 영화 〈줄리 앤 줄리아〉에 나온 줄리아 차일드의 부엌을 식기, 싱크대, 조리 도구, 식탁까지 그대로 재현해 놓은 모습에 눈을 뗄 수 없었다.

관람이 끝나면 증기기관차 앞에서 만나기로 했는데 한참을 기다려도 부자가 나오지 않았다. 더 기다릴 수 없어 전화하려고 할 때쯤 주현이가 빨갛게 상기된 얼굴로 걸어 나왔다. 주현이는 감동에 찬 목소리로 야단법석이었다. 서현이와 나는 대체 뭐 때문인가 싶어 어리둥절했지만, 주현이는 전기 발전기를 비롯해 책에서만 봤던 에디슨의 발명품을 실제로 봤다는 것에 큰 감명을 받은 것 같았다.

국립자연사박물관

뉴욕의 자연사박물관이 오래된 느낌이었다면 워싱턴은 더 크고 새로운 느낌이었다. 생동감 있는 동물 모형과 박제뿐만 아니라 각종 보석이 전시된 장신구관까지 있었다. 네안데르탈인과 호모사피엔스 같은 인류 모형은 마치 살아 있는 것처럼 생생했다. 특히 장신구관은 줄을 서서 관람해야 할 정

도로 사람이 많았다. 세계 4대 다이아몬드 중 하나인 호프 다이아몬드를 비롯해 어딘가의 여왕이 사용할 것 같은 보석이 곳곳에 전시되어 있었다. 액세서리에 큰 관심이 없는 나도 다양하게 세팅된 목걸이, 귀걸이, 반지 등을 보며 계속

감탄했다. 예쁘고 반짝거리는 걸 좋아하는 서현이의 눈에도 하트가 가득했다.

국립미술관

마지막으로 들른 곳은 국립미술관이었다. 미국에서도 가장 많은 미술 작품을 보유하고 있는 곳으로, 특히 우리에게 익숙한 인상파 화가들의 작품을 감상할 수 있다고 해서 기대가 컸다. 가족들은 이어지는 박물관 투어로 이미 지친 상태였지만, 국립미술관을 포기할 수 없었던 나를 위해 무거운 발걸음을 이끌고 왔다.

국립미술관에서는 마네, 모네, 르누아르의 그림은 물론이고 고흐의 자화상까지 볼 수 있었다. 스페인에서 갔던 프리도미술관 다음으로 내 마음을 사로잡은 곳이었다. 어딜 둘러봐도 친숙한 명화들을 만날 수 있다는 게 행복했다. 작품 주제별로 전시가 구분되어 있어 관심 있는 주제를 따라가며 관람을 즐기는 재미가 쏠쏠했다.

워싱턴에 있는 내내 박물관 투어를 했지만 우리가 못 가 본 곳이 아직도

많았다. 게다가 이미 들렀던 곳도 모두 다시 가고 싶을 만큼 만족스러웠다. 아이들이 더 크기 전에 워싱턴에 또 와도 좋을 것 같았다. 호기심 많은 아이에게 재미와 배움을 동시에 줄 수 있는 최적의 도시이기 때문이다. 그때는 아이들에게 자전거 타는 법을 가르쳐서 자전거로 워싱턴을 여행하고 싶다. 워싱턴은 특히 벚꽃이 필 때 더 붐빈다고 한다. 겨울에도 이렇게 아름다운데 봄에는 얼마나 더 아름답다는 걸까?

TMI

미술관이 어렵다면 인상파 작품으로 시작!
규모가 큰 미술관에서 어떤 작품을 봐야 할지 모르겠다면 인상파 작품 위주로 관람하는 것도 좋다. 모네, 마네, 르누아르, 고흐 등 우리에게 친숙한 그림을 그린 이들 대부분이 인상파 화가들이다. 특히 워싱턴의 국립미술관과 파리의 프티 팔레 미술관에서는 많은 인상파 화가의 작품들을 무료로 관람할 수 있다.

60일의 지구 여행

미국 워싱턴 D.C. 영수증

2018. 02. 15	서큘레이터 + 스마트립 카드	22달러	23,364원
	충만치킨	9.89달러	약 10,503원
	자이언트 마트(스테이크용 고기, 쌀, 물, 콜라, 바나나, 도넛, 라면, 시리얼, 햄, 소시지, 우유, 상추 등)	65.52달러	약 69,582원
2018. 02. 16	월마트(치킨 너깃, 초콜릿 등)	5.22달러	약 5,544원
2018. 02. 18	숙소 → 덜레스공항 우버	55달러	58,410원
	콜라, 초콜릿	7달러	7,434원
사용 경비 합계		164.63달러	약 174,837원
숙박비			400,000원
메가버스			64,532원

내 친구의 집 : 미국, 팔로알토·샌프란시스코

내 친구의 집

미국, 팰로앨토·샌프란시스코

아담의 집으로

미국 여행을 계획하면서 가장 기대했던 건 어떤 특정한 관광지가 아니었다. 패트리샤와 아담을 만나고 그들 가족의 집에 묵을 수 있다는 점이었다. 난 이번 여행을 통해 아이들이 많은 것을 보고 느꼈으면 했다. 낯선 장소에서 살아 보고, 예기치 못한 경험을 하며 성장하길 바랐다. 그렇기 때문에 아담의 집에서 함께 생활할 수 있는 기회가 더없이 소중했다.

우리는 캘리포니아에서 실리콘밸리의 중심인 팰로앨토에 있는 아담의 부모님 집에 머물기로 했다. 스스로 삶을 개척하며 모험을 떠나는 일을 두려워하지 않는 패트리샤와 아담은 참 멋진 친구들이다. 처음 만났을 때부터 몸에 밴 듯 예의와 배려가 자연스러웠던 두 사람을 보며, 아이를 키우는 입장인 나는 어떤 부모님 밑에서 자랐을까 하는 호기심이 들기도 했다.

우리가 도착한 날 마침 아담의 가족은 이전에 예매해 두었던 오페라를 보러 가야 했다. 공항으로 마중 나오려던 친구들의 계획은 무산됐다. 아담은 여동생이 집에 있을 거라며 먼저 가 있으라고 했다. 우린 최대한 민폐를

끼치지 않기 위해 식사를 해결하고 가기로 했다.

우리는 미국의 3대 햄버거 중 마지막 남은 하나인 인앤아웃 버거를 먹기로 했다. 샌프란시스코 국제공항에 도착하자마자 리프트를 불러 인앤아웃 매장으로 향했다. 공항에서는 미처 몰랐는데 리프트에서 내리니 느낌이 새로웠다. 추운 유럽과 뉴욕에 있다가 미국 서부에 오니까 하늘빛부터 달랐다. 커다란 야자수 너머 파란 하늘에는 선명한 구름이 떠 있었다.

점심시간 즈음이라 매장은 몹시 붐볐다. 한참을 기다려 겨우 주문을 하고, 또 한참을 기다려 햄버거를 받았다. 양파는 신선하고 패티에는 육즙이 가득했다. 남편은 '아, 햄버거가 이런 거구나' 하고 새삼 감탄했다고 한다. 그곳에서 남편과 주현이는 인생 프렌치프라이를 만나기도 했다.

다시 리프트를 타고 아담의 집을 찾아간 우리는 아담의 여동생 클로이와 인사를 나눴다. 일단 짐만 내려놓고 다시 집을 나온 다음에는 10분 거리에 있는 스탠퍼드대학으로 산책을 갔다. 기다리는 동안 우리가 무료할까 싶었는지 패트리샤와 아담이 추천해 준 산책 코스였다.

숲이 우거진 스탠퍼드대학 교정에는 청설모가 뛰어다녔다. 우리는 스탠퍼드대학의 입구인 메인 쿼드Main Quad 앞의 중앙 광장과 조각가 로댕의 작품

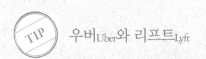

우버Uber와 리프트Lyft

우버와 리프트 모두 차량 공유 서비스다. 쉽게 말해 스마트폰 앱으로 부를 수 있는 택시라고 보면 된다. 우리나라에는 우버가 더 잘 알려져 있지만, 리프트 또한 유명한 업체다. 어떤 걸 사용하는 게 더 이익인지는 옵션과 지역, 거리 등에 따라 다르다. 구글 지도를 이용하면 우버와 리프트 요금을 조회할 수 있다. 우리의 경우 유럽에서는 우버를, 미국에서는 리프트를 주로 이용했다. 미국에서 리프트를 이용하면 신규 할인 쿠폰을 주었기 때문이다.

여행을 시작하면서 미리 회원 가입을 하고 신용카드를 등록해 놓으면 편하다. 스마트폰 앱을 통해 출발지와 도착지를 입력하고, 택시비는 등록된 신용카드로 자동 결제된다. 다만 등록된 전화번호로 연락을 받아야 하기 때문에 유심을 끼워 두는 것이 좋다. 우리는 처음 우버를 이용했을 때 운전자와 통화가 되지 않아 패널티를 받았다. 패널티는 나중에 취소되었지만, 무료 사용 가능한 바우처는 다시 발급받지 못했다.

인 〈칼레의 시민〉이 있는 곳에서 한가롭고 즐거운 시간을 보냈다. 남편과 아이들은 넓은 잔디밭에서 술래잡기를 하기도 했다.

다시 아담의 집으로 돌아가는 길에 패트리샤와 아담을 만났다. 한국에서 만났던 두 사람을 미국에서 다시 만났다는 게 놀랍고도 신기했다.

"한국식이야!"

우리는 패트리샤가 쓰던 방을 사용했다. 패트리샤는 한국식이라며 바닥에 이불을 깔아 줬다.

빅토리아 시대의 재현,
샌프란시스코를 여행하다

우리는 패트리샤가 운전하는 차를 타고 샌프란시스코로 출발했다. 평소에는 막히는 길이라고 했는데 휴일이라 그런지 고속도로가 한가했다. 게다가 샌프란시스코는 미국에서도 집값이 가장 비싼 동네라 주차비도 살인적인 수준이었지만, 그 역시 휴일이라 무료였다. 그래서 우린 가벼운 마음으로 패트리샤를 따라나섰다. 샌프란시스코는 패트리샤와 아담을 만나게 해 준 도시라고 했다.

샌프란시스코의 수많은 언덕 중 어딘가에 주차를 한 후 우리가 처음 본 것은 페인티드 레이디스^{Painted LADIES}였다. 빅토리아 양식으로 지어진 아기자기한 파스텔 톤의 집으로, 드라마나 영화에 자주 등장해 유명해진 곳이었

60일의 지구 여행

다. 바로 옆에는 놀이터가 있었다. 아이들은 역시 유명한 관광지보다 놀이터를 더 흥미로워했다. 사진도 찍고 아이들이 노는 걸 지켜보기도 하면서 샌프란시스코를 둘러봤다. 언덕 위에서는 샌프란시스코의 전경이 한눈에 내려다보였다. 언덕 위의 예쁜 건물들과 저 멀리 보이는 도심의 이국적인 모습이 맑은 하늘 아래에서 반짝거렸다.

길을 따라 언덕을 내려오다 보면 페인티드 레이디스처럼 아기자기한 집이 쭉 늘어서 있다. 건축에 관심이 많은 패트리샤는 카메라 용량이 걱정될 정도로 사진을 찍느라 정신이 없었고, 아담은 길을 찾으면서 우리에게 가이드 역할까지 해 주느라 정신이 없었다. 서부 개척 시대에 금을 캐러 온 사람들이 줄줄이 비슷한 양식의 집을 지으면서 이런 풍경이 생겨났다고 했다. 외관은 아름답지만 오래된 집이라 수리를 해서 사용해야 하는데, 집값이 비싼 샌프란시스코답게 수리비도 어마어마하다고 했다. 잘 관리된 작은 정원과 문마다 걸린 니스 장식은 마치 "내가 이 집을 얼마나 사랑하는지 알아?"라고 말하는 것처럼 보이기도 했다.

언덕을 내려온 우리는 걸어서 시청까지 갔다. 샌프란시스코의 중심지로 시청뿐만 아니라 미술관, 음악홀이 모두 모여 있는 곳이었다. 크고 웅장한

건물 외관을 구경한 다음에는 광장으로 갔는데, 이곳에도 멋진 놀이터가 두 개나 있었다. 낮은 울타리와 출입문도 있었다. 놀이터의 디자인도 정말 환상적이었다. 놀이터를 발견한 아이들의 표정도 한껏 밝아졌다.

시청 앞에서는 잘 못 느꼈는데, 놀이터를 지나자 노숙자가 많이 보였다. 샌프란시스코는 미국에서 가장 살기 좋은 곳 중 하나로 손꼽힌다. 그만큼 복지 제도도 잘 갖춰져 있어 노숙자에게 제공하는 서비스도 많다. 그래서 아이러니하게도 집값이 비싸면서도 노숙자가 많은 도시가 되었다.

메이시스 백화점 앞에서 화장실에 간 패트리샤를 기다리고 있을 때 갑자기 아담이 저 멀리서 오는 케이블카를 보라고 했다. 예쁘지만 평범한 케이블카라고 생각해서 의아하게 쳐다봤다. 그런데 케이블카가 동그란 판 위에 멈추자 차장들이 내려 손으로 직접 차량을 돌렸다. 무려 수동이었다. 사람이 직접 커다란 판 위의 케이블카를 앞뒤로 밀어서 방향을 바꿨다. 관광객

이 주위에 모여 있어 왜 그런가 했더니 이 수동 방향 전환을 지켜보기 위해서였다. 디지털의 시대에 수동으로 방향을 전환하는 케이블카라니. 사소한 아이디어를 관광 자원으로 활용해 샌프란시스코의 명물로 만들었다는 게 재밌었다.

우리는 패트리샤가 좋아하는 곳이라는 미션Mission 지구와 돌로레스 공원 Dolores Park으로 갔다. 미션 지구 곳곳에서 느껴지는 자유로운 분위기는 패트리샤와 잘 어울렸다. 돌로레스 공원은 해가 질 때 아름답다고 했다. 그래서 패트리샤와 아담이 그 시간에 맞춰 우릴 이곳에 데려온 것이었다.

패트리샤는 샌프란시스코에 살 때 언제든 친구들과 이곳에 와서 피크닉을 즐기고 맥주를 마시며 시간을 보냈다고 했다. 돌로레스 공원에 앉아 패트리샤의 얘기를 듣고 있자니 시간이 멈춘 것 같았다. 멀리 보이는 샌프란시스코 시내와 짙은 초록의 잔디밭, 그리고 친구와 가족이 함께 있는 이 시간이 너무 소중했다. 등 뒤로는 작은 산과 집, 그리고 야자수가 가득했다. 시간이 지날수록 풍경이 달라졌다. 해가 지면서 도심의 풍경이 두둥실 떠오르는 것처럼 몽환적으로 느껴졌다. 해가 완전히 지기 전에 금문교Golden Gate Bridge에 가야 한다고 해서 일어서야 했지만, 어쩐지 자리를 뜨기 아쉬웠다.

금문교로 가는 길에는 롬바드 거리Lombard Street를 구성했다. 〈인사이드 아웃〉의 배경으로 등장하기도 한 지그재그 모양의 길이 실재한다는 게 놀라웠다. 구불구불한 모양이 층층이 이어진 독특한 모양의 길을 아슬아슬하게 운전하는 차들이 신기했다.

롬바드 거리를 지난 우리는 금문교가 보이는 바닷가에 차를 세웠다. 패트리샤는 생일에 자전거를 타고 친구들과 금문교를 건넜다고 했다. 바닷바람을 맞으며 패트리샤가 건넜다는 다리를 바라봤다. 해가 지는 금문교는 정말 아름다웠다. 주황빛 하늘을 배경으로 다리 위의 가로등이 별처럼 빛났다.

아이들은 모래를 가지고 노느라 정신없었고, 남편은 오래도록 사진을 찍었다. 나는 가만히 앉아 우리의 여행을 생각했다. 내가 이 시간에 이 장소

60일의 지구 여행

에 와 있을 거라는 걸 과연 누가 알았을까? 두 친구가 우리 집에 왔을 때 패
트리샤의 얘길 듣고 꼭 아담의 부모님 댁에 가 보고 싶다고 말했는데, 그게
정말 이루어졌다. 친구들 덕분에 이곳에 살았던 사람이 아니라면 찾아오기
힘든 장소에 앉아 금문교를 바라봤다. 아이들은 쌀쌀한 바닷바람을 맞으면
서도 깔깔 웃었다. 낯선 땅에서 이런 평화로운 풍경을 마주하고 있다는 게
믿어지지 않았다. 해가 질수록 하늘은 더 주황빛으로 물들고 바다는 검게
변했다.

펠로앨토에서의 시간들

아담의 아버지가 직접 구운 미국식 스테이크는 우리 가족의 입맛에도 딱 맞았다. 식사 후엔 언제나 함께 차를 마시며 대화했다. 한국과 미국, 그리고 여행에 대해 두서없이 이야기를 나눴다. 아담은 1년간 프랑스에서 살았던 얘기를 들려주기도 했다. 하루는 투박한 웃음이 매력적인 이웃의 친구도 함께했다. MIT 테니스 챔피언이라고 했는데 말만 들어서는 잘 실감이 나지 않았다. 영어로 나누는 대화라 잘 들리지 않아 답답한 순간도 있었지만, 호의로 가득한 사람들과 보내는 일상은 말로 표현할 수 없을 만큼 평화롭고 따뜻했다.

"체스를 둘 줄 아니?"

아담의 아버지가 주현이에게 물었다. 아담은 어렸을 때 미국 챔피언까지 지낸 체스 천재였다. 한국의 우리 집에서도 아담이 주현이와 체스를 둔 적이 있었다. 이제 겨우 규칙을 아는 정도인 주현이에게 아들을 체스 챔피언으로 키운 아버지가 한 수 가르쳐 줬다. 진지한 주현이의 모습에 기분이 좋아진 아담의 아버지는 아담이 받았던 트로피를 보여 주기도 했다. 아담의

할아버지도 체스 챔피언이었다고 했다. 집안 대대로 내려오는 재능과 취미라니, 이 얼마나 멋진가.

서현이에게는 바이올린 연주를 들려주었다. 집 안에 들어서면 가장 먼저 보이는 게 피아노

와 바이올린이었다. 멋쟁이 할아버지가 들려주는 바이올린 소리는 아름다웠다. 아담의 아버지는 서현이의 연주도 듣고 싶어 했지만, 바이올린을 1년 정도 배운 부끄럼쟁이 딸은 차마 연주하지 못했다.

팰로앨토가 있는 실리콘밸리에는 스티브 잡스의 집이 있었다. 아담의 아버지는 근처니까 한번 찾아가 보라며 주소를 적어 줬다. 핼러윈이 되면 그 집에 찾아가 사탕을 받았다는 농담과 함께 말이다. 패트리샤와 드라이브를 나가면서 스티브 잡스의 집 쪽에 가 보기로 했다. 차를 타고 두세 블록을 가니 정말 스티브 잡스가 살던 집이 나왔다. 아직도 가족이 살고 있다고 했다.

생각보다 평범해 보이는 집에는 담장도 대문도 없었다. "No matter, where you are from, we're glad you're our neighbor"란 팻말만 있었다. 관광지처럼 찾아오는 여행객이 많아 불편할 텐데도 '출입 금지'나 '조용히 하시오'가 아니라 '당신이 어디에서 왔든 상관없이 우리의 이웃'이라는 메시지를 전하고 있었다. 조용히 사는 데 방해가 될까 봐 불편했던 마음이 눈 녹듯 사라졌다. 말 한마디로 사람을 녹일 수 있다는 것에 남편과 나는 살짝 감동했다.

팰로앨토 시내는 상점 하나하나도 예뻤다. 지나가다 '파리바게뜨' 매장을

봤는데, 아담의 어머니가 빵이 맛있어서 자주 사 먹는 곳이라고 해서 잠시 웃었다. 마트에서 신라면만 봐도 반가운데 이렇게 미국 깊숙이에서 '파리바게뜨'를 보게 될 줄은 몰랐다.

패트리샤와 아담의 단골 식당과 새롭게 바뀌었다는 극장 간판도 구경했다. 우리만 왔으면 뭔지 모르고 지나쳤을 장소도 패트리샤가 설명해 주니 흥미로웠다.

패트리샤는 주현이와 서현이를 위해 어린이 도서관으로 우릴 안내했다. 집에서 보던 영어 책들이 모두 있었다. 한쪽에는 심지어 우리나라의 책도 있었다. 아이들이 집에서 자주 책을 보던 걸 기억하고 일부러 도서관에 데려온 패트리샤의 세심함이 고마웠다. 남편이 도서관을 둘러보고 주현이와 서현이가 이것저것 골라 보는 동안 나는 좋아하는 백희나 작가의 책을 발견하고 혼자 반가워했다.

도서관에 다녀와서는 아담이 차린 점심을 먹었다. 메뉴는 연어 베이글 샌드위치였다. 마침 남편이 궁금해하던 음식이었기에 특히 반색했다.

"아담이 직접 준비했어."

패트리샤의 말에 우리 가족은 아담에게 고맙다는 인사를 전했다.

아담은 평소 주말에는 이렇게 식사를 한다며 마당에 식탁을 차렸다. 패트리샤와 아담의 결혼식 영상에서 봤던 그곳이었다. 마당의 정자도 아담의 아버지가 직접 만든 거라고 했다.

우린 마당에 둘러앉아 반을 가른 베이글에 크림치즈를 발랐다. 그 위에 통후추와 연어, 방울토마토, 양파를 올리고 한입 가득 베어 물었다. 정말 맛있었다. 커다란 베이글과 가득했던 연어가 순식간에 동났다. 아담에게 한 번 더 고맙다는 인사를 하고 답례로 저녁은 내가 준비하겠다고 했다.

그날 오후에는 테니스를 쳤다. 체스처럼 온 가족이 즐기는 취미라고 했다. MIT 테니스 챔피언이 직접 테니스를 알려 주겠다며 등장했다. 남편과 주현이는 진지하게 테니스를 배우고 서현이와 나는 옆 놀이터에서 놀았다. 아담과 테니스 챔피언은 기초부터 천천히 가르쳐 줬다. 처음에는 어려워하던 주현이와 남편도 훌륭한 선생님에게 배우니 금세 재미를 찾았다.

나는 근처 마트에서 산 돼지 등갈비에 양념을 하고 미역국과 된장국을 끓였다. 채식주의자인 패트리샤를 위해서는 달걀말이와 비빔밥을 준비했다.

내가 요리를 하는 동안 패트리샤는 우리 아이들과 함께 치

스케이크를 만들었다. 남편은 아담의 아버지
와 체스를 둔 다음 오목을 가르쳐 드렸다. 초
반에는 남편이 이겼지만, 초기 컴퓨터 게임을
만들었다는 아담의 아버지는 규칙을 금세 이해
하고 곧 남편을 이기기 시작했다.

평소에도 근처 한식집에서 순두부를 자주 먹
는다는 아담의 부모님은 미역국도 맛있게 드셨
다. 요리하는 내게 뭐 도와줄 게 없냐며 친근하
게 묻던 테니스 챔피언은 완성된 음식을 보고 놀
라서 눈이 휘둥그레졌다. 등갈비에 밥과 와인, 그리고 좋은 사람들까지 함
께한 풍성한 만찬이었다. 우리를 초대해 준 아담의 부모님에게 무엇이라도
대접할 수 있어 기뻤다.

미국 팰로앨토 · 샌프란시스코 영수증

2018. 02. 18	샌프란시스코 국제공항 → 밀브레 리프트(5달러 할인)	8.72달러	약 9,261원
	인앤아웃 버거	19.52달러	약 20,730원
	밀브레 → 아담네 집 리프트(5달러 할인)	33.04달러	약 35,089원
2018. 02. 19	한인마트(쌀, 쌈장, 불고기 소스, 볶음 고추장, 순두부 등)	20.99달러	약 22,291원
2018. 02. 20	몰리스톤즈 슈퍼마켓(등갈비, 돼지고기, 상추, 당근, 양파, 쌀 등)	62달러	65,844원
사용 경비 합계		144.27달러	약 153,215원
숙박비(아담의 부모님 집에 묵음.)			0원
항공권(버진아메리카)			901,423원 ※ 추가 수하물 요금 : 56,114원

익숙하고 낯선 곳 : 미국, LA

익숙하고 낯선 곳

미국, LA

어엿한 사장님이 된 원지네

원지 엄마는 남편의 둘째 누나의 절친이다. 이렇게 말하면 뭔가 복잡한 관계인 것 같지만, 남편과도 친하게 지냈던 지인이다. 20대 후반에 미국으로 건너간 원지 엄마는 지금의 남편을 만나 결혼해서 LA에 정착했다. 이제는 성공한 사업가가 되어 영화에서만 봤던 수영장 딸린 집에 살고 있었다.

우리 가족은 LA에 있는 내내 원지네 집에 머물렀다. 원지 엄마는 회사 운영으로 바쁘고, 원지 아빠는 몸살에 걸려 고생이었다. 대신 집에 있는 것처럼 편하게 있다 가라는 배려 덕분에 느긋하고 자유로운 시간을 보낼 수 있었다.

우린 마치 에어비앤비 숙소에 묵었을 때처럼 요리해 먹었는데, 각종 한국 음식 재료와 조리 도구 등이 넘치도록 풍족했다는 점이 조금 특별했다. 먹고 싶었던 음식을 마음껏 만들어 먹을 수 있었다. 그리웠던 김치가 무제한에 가깝게 제공되는 것도 감동적이었다. 김치찌개, 김치전, 김치볶음밥을 모두 해 먹었다. 언제든 샤워를 할 수 있었고, 빨래를 하기 위해 코인세탁소를 전전할 필요도 없었다. 여행하는 게 아니라 요양이라도 온 것처럼 편안하게 쉬었다.

원지는 유치원에 가 있는 시간을 제외하고 대부분 주현이, 서현이와 함께 어울렸다. 밝은 성격의 원지 덕분에 세 아이는 금세 어울려 놀았다. 원지는 주현이와 서현이가 밥 먹을 때 같이 먹고 샤워할 때 같이했다. 꼭 삼남매가 된 것 같았다.

바쁜 원지 부모님과는 많이 어울리지 못했지만, 마지막 날 함께 막걸리를 마시며 이런저런 얘길 나눴다. 두 사람의 미국 정착기는 한 편의 영화처럼 흥미진진했다. 실패를 딛고 성공한 두 사람이 멋지고 자랑스러웠다. 반대로 원지네가 한국에 오면 우리가 좋아한다는 회와 홍어를 대접하기로 했다. 여행으로 인연이 더 깊어지는 것 같았다.

〈라라랜드〉를 따라가다

여행을 떠나기 두 달 전쯤 〈라라랜드〉를 봤다. LA 일정이 정해지고 난 후 우린 영화 속에서 두 주인공이 함께 춤을 췄던 그리피스Griffith 천문대에 가기로 했다.

LA는 교통 체증으로 유명하다. 러시아워 때는 10분 정도 걸리는 가까운 거리도 한 시간 넘게 걸리기도 한다고 했다. 〈라라랜드〉를 따라 그리피스 천문대에 가기로 한 날은 마침 날씨 좋은 토요일이었다. 차가 엄청나게 막혔다는 뜻이다.

천문대 아래 도착한 다음 다시 차를 끌고 산에 올라갔다. 〈라라랜드〉에

미국 코스트코에서 사 오면 좋은 선물!

대형 할인 마트의 선구 주자 코스트코 미국 본토에서 구매해 선물한 물건 중 반응이 좋았던 걸 소개한다. 코스트코는 회원제 마트라 회원카드가 있어야 하는데, 한국에서 미리 회원카드를 만들어 가는 것도 방법이다. 결제는 비자카드로 해야 하므로 다양한 카드를 가져가는 게 좋다. 또한, 초대형 마트를 표방하고 있어 약간 떨어진 지역에 위치한 경우가 많아 렌트하거나 우버 · 리프트를 이용해 방문해야 한다.

히말라야 핑크 솔트 : 5,000원도 안 되는 가격에 넉넉한 용량, 게다가 그라인더 내장으로 선물했을 때 만족도 최고였던 제품이다. 단점이라면 368.5g이라는 무게 때문에 여러 개를 사기 부담스럽다는 것이다. 3개만 사도 1kg이 넘어 수하물 용량이 넉넉할 때 구매해야 한다. 1개 3.99달러

eos 립밤 : 카멕스 립밤을 찾지 못해 대용품으로 구매했다. 동글동글한 립밤 6개가 들어 있어 선물용으로 좋다. 아이들도 서로 갖겠다며 디자인을 골랐다. 개봉해 보니 뚜껑을 열 때도 부드럽고 향도 좋았다. 귀여운 모양으로 가볍게 선물하기 좋다. 1세트(6개) 12.79달러

젤리 영양제 : 코스트코에는 저렴하고 다양한 영양제가 많다. 아이가 있는 가족용 선물은 젤리 영양제가 좋은데, 어른용은 월마트, CVS Pharmacy에서도 쉽게 구매할 수 있지만, 어린이용 젤리 영양제는 코스트코에 많다. 대부분 2팩을 패키지로 판매하며 가격은 10달러 선이다. 한 통에 5,000원 정도 되는 가격이다. 2개 9.99달러

네오스포린Neosporin : 미국은 약국이 많은 만큼 영양제뿐만 아니라 연고나 기타 약들도 유명하다. 원지네가 평소 쓰는 제품이라고 추천해 구매한 연고가 바로 네오스포린이었다. 화상, 타박상, 칼에 베인 상처 등 다양한 부위에 바를 수 있다. 효과가 좋아 금방 낫는다. 미국에서는 아이들 있는 집에 꼭 하나씩 있는 제품이기도 하다. 1세트(3개) 10.99달러

허쉬 초콜릿 : 여행 후 아이들 학교에 가져갈 선물로 초콜릿을 샀다. 한국에서도 살 수 있는 제품이라 큰 기대 없이 구매했는데 거대한 용량에 개별 포장되어 있어 학교에 가져가 친구들에게 나눠 줄 선물용으로 훌륭했다. 허쉬뿐만 아니라 땅콩버터 초콜릿으로 유명한 리세스, 스니커즈, M&M, 하리보 등 취향에 맞는 제품을 사 오는 것도 좋다. 그러나 초콜릿과 젤리 등도 무게가 상당하기 때문에 꼭 수하물 무게를 확인해야 한다. 1봉지 11.69달러

서 봤던 바로 그 길이었다. 주차할 곳을 찾아 조금 헤맨 다음에는 차에서 내려 등산을 하듯이 천문대로 향했다.

천문대 역시 영화에서 본 그대로였다. 작고 아담하면서 아름다웠다. 천문대 앞뜰에 서면 그 유명한 'HOLLYWOOD' 사인이 멀리 보였다. LA 시내가 한눈에 내려다보이는 풍경은 〈라라랜드〉가 아니었어도 꼭 한번 와 보면 좋을 만한 경치였다.

마침 우리가 간 날이 한 달에 한 번 운영되는 '망원경 행사의 날'이라 무료로 망원경을 이용할 수 있었다. 개인이 소장한 망원경을 설치해 놓고 관광객이 볼 수 있도록 도와주었다. 다른 사람들처럼 줄을 서서 천체망원경으로 저물어 가는 해와 떠오르는 달과 별을 봤다. 우주에서 떨어진 운석도 만져 봤다.

천문대 입구로 들어가니 영화에 나왔던 추가 보였다. 지구 자전의 증거인 추를 보는 주현이의 눈빛이 초롱초롱했다. 추가 움직이면서 도미노처럼

세워진 블록을 쓰러뜨렸다. 주현이는 신나서 자전에 관해 설명했다. 전시실에는 자전과 공전, 태양계를 이해하기 쉽도록 전시해 놓은 모형도 있었다. 지구가 움직인다는 걸 이해하기에는 아직 어린 서현이와 원지도 모형을 보며 고개를 끄덕였다.

원지네 가족이 플라네타륨Planetarium 쇼 티켓을 구매해서 같이 관람하기도 했다. 사실 어떤 내용인지도 모르고 어리둥절한 채 입장했다. 편한 의자에 앉자 1인극으로 이루어진 공연이 시작됐다. 신화와 우주가 함께한 공연은 환상적이었다. 안 봤으면 후회할 뻔했다. 원지네도 물가 비싼 미국에서 이런 훌륭한 공연을 7달러에 봤다며 감탄했다.

쇼를 보고 나오자 노을이 물들고 있었다. 우린 이 노을을 보기 위해 지구를 한 바퀴 돌아 그리피스 천문대까지 왔다. 넓은 LA 너머로 천천히 해가 떨어졌다. 이와 동시에 시내 곳곳에서 가로등이 켜졌다. 천문대에서 보이는 보랏빛 하늘과 붉은 노을, 그리고 반짝이는 도시는 상상했던 모습 그대로였다. 금방이라도 천문대 곳곳을 누비며 춤추는 연인의 모습이 눈앞에 나타날 것만 같았다.

여행을 떠나기 전에는 미국에 간다는 게 부담스러웠다. 우리가 아직 여행에 대해 구체적인 계획을 세우기 전부터 남편은 런던과 파리, 그리고 미국에 가자고 선언했다. 대서양을 넘어가는 걸 상상해 본 적도 없었던 나는 몹시 두근거렸다. 물론 설렘 때문만은 아니었다. 걱정과 근심으로 심란했기 때문이었다. 하지만 막상 와 보니 미국 여행 내내 즐겁고 재밌는 일이 많았다. 과거로 돌아간다면 대책 없어 보이는 계획을 발표하던 남편을 칭찬해 주고 싶을 정도였다.

미국 LA 영수증

2018. 02. 21	산호세 터미널 매점(콜라, 물, 바나나)	10달러	10,620원
	메가버스 휴게소(도넛)	3.69달러	약 3,919원
	한인마트(콜라, 음료, 과자, 라면, 삼겹살, 참치, 소고기, 닭, 채소, 상추, 달걀 등)	216.96달러	약 230,412원
2018. 02. 22	코스트코 선물	119.55달러	약 126,962원
2018. 02. 25	원지 용돈	60달러	63,720원
	볼펜, 마그넷 등 기념품	12.02달러	약 12,765원
	스타벅스 텀블러 2개	28.36달러	약 30,118원
사용 경비 합계		450.58달러	약 478,516원
숙박비(원지네 집에 묵음.)			0원
메가버스			92,544원

여행하기 좋은 나라 : 대만, 타이페이

대만의 설레는 밤공기

한국에 돌아가기 전 마지막으로 대만에 들렀다. 서현이가 가고 싶어 했던 삿포로나 일본의 다른 지역을 경유해서 갈까 고민하다가 저렴한 항공권이 있는 대만을 선택했다. 마지막까지 처음의 계획과는 다른 여행지에 가게 됐지만, 그만큼 설렘을 가지고 대만으로 향했다.

공항에 도착하자마자 서현이는 뭔가 다른 냄새가 난다고 했다. 코끝을 스치는 향기는 우리가 평소 맡아 보지 못한 종류의 향신료 냄새였다. 나는 이국적인 향기가 싫지 않았지만, 서현이는 적응하기 힘들어했다. 돌이켜 생각해 보니 이 냄새에 대한 우리의 상반된 반응은 대만 여행에 대한 예고편 같은 것이었다.

밤늦게 대만에 도착해 입국 수속을 마치고 버스가 끊기기 전에 서둘러 숙소로 향했다. 버스를 타고 대만 시내에 들어와서 보니까 일본에서 봤던 프랜차이즈 가게가 많았다. 일본에 들렀다 갈까 고민했던 우린 잘됐다 싶었다. 대만 음식이 입에 맞지 않으면 라멘을 먹으면 된다고 생각했다. 넓은 차선을 따라 달리며 꼭 우리나라의 도심에 있는 것 같다고 생각했다. 불 켜진 편의점과 높은 빌딩의 모습이 낯익었다.

남편은 구글 지도로 숙소를 찾았다. 자정이 넘은 시간이었다. 불을 밝힌 편의점을 제외하고는 모두 깜깜했다. 다행히 숙소는 관광지 근처였다. 우리 앞에 가고 있는 현지 여성도 서두르거나 불안한 기색 없이 걷고 있어 일단 마음을 놓았다. 안전한 도시라는 느낌이었다.

숙소는 좁지만 깨끗했다. 아이들은 넓은 침대가 마음에 드는 눈치였다. 돼지코 플러그 같은 사소한 물품을 비롯해 차와 커피, 그리고 에이스 과자가 준비되어 있었다. 낯선 곳에서 본 한국 과자가 무척 반가웠다. LA에서 푹 쉰 덕분에 어유로운 기분으로 대만에 왔는데, 사랑스러운 숙소와 친절한 호스트의 마음이 더해져 더욱 설레는 밤이었다.

나만 신났던 맛집 투어

사랑스러운 숙소에는 딱 한 가지 단점이 있었다. 바로 주방이 없다는 것이었다. 대만 일정이 짧아 숙소를 꼼꼼하게 확인하지 않고 예약했지만, 주방이 없을 거라고는 생각하지 못했다. 결국 대만에서는 자의 반 타의 반으로 삼시 세끼를 모두 사 먹어야 했다.

나는 마지막 여행을 알차게 보내기 위해 밤새도록 맛집을 검색했다. 고단한 장기 여행에 지쳐 만사가 귀찮은 지경에 이른 남편은 일단 제쳐 두었다. 그렇게 해서 처음 찾아간 맛집은 숙소 근처의 '양품우육면'이었다. 일단 국물을 한 모금 먹었는데 맛있었다. 깔끔한 맛이었다. 남편과 주현이도 합

격점을 줬다. 돈가스 같은 돼지고기 튀김도 훌륭했다. 맛집 투어의 시작이 좋았다.

두 번째 맛집은 패트리샤가 대만에 가면 꼭 먹어 보라고 했던 딤섬 가게였다. 대만에서 가장 유명하다는 '팀호완'에 갔다. 미슐랭 별점도 받은 곳이라고 해서 우리는 오픈 전에 도착해 대기했다.

"상상했던 맛이 아닌데?"

하지만 기대가 컸는지 생각보다 맛있지는 않았다. 우리 가족의 입맛에는 새우 딤섬만 맛있었다. 소문난 잔치에 먹을 것 없다더니, 다른 손님들의 표정을 봐도 시큰둥했다. 주현이가 속이 불편하다고 해서 재스민 차를 추가로 주문했는데, 주현이는 재스민 차가 가장 괜찮았다고 혹평을 했다.

그다음으로 밀크티를 사서 야시장에 갔다. 나는 현지인들이 사 먹는 국수가 먹고 싶었는데, 고기와 향신료 냄새가 강할 것 같은 모양새가 아무리 봐도 나만 좋아할 것 같아서 포기했다. 일단 아이들을 위해 큐브 스테이크를 사고, 야시장을 한 바퀴 돌면서 가족이 두루두루 좋아할 것 같은 음식을 몇 가지 더 샀다. 그런데 남편과 아이들 모두 대만 특유의 향신료 때문인지 잘 먹지 못했다. 대만에서는 별다른 관광도 하지 않았는데 미국에서 통통하게 살이 올랐던 남편과 아이들이 점점 핼쑥해지고 있었다. 나만 잘 먹었다.

2박 3일 일정이라고는 하지만 첫날은 자정에 도착하고 3일째 되는 날에는 오전에 밥을 먹고 출발해야 해서 사실상 대만에 머무르는 건 하루가 조금 넘는 시간이었다. 식구들의 사정과는 다르게 나는 대만을 떠나는 게 아쉽기만 했다.

마지막 식사를 위해 현지 정육점이 모여 있는 곳에서 또 다른 우육탕집

을 찾아갔다. 식당도 허름하고 특유의 냄새도 났다. 나는 이런 곳이 좋았지만 깔끔한 걸 좋아하는 아이들에게는 영 부담스러운 곳이었다. 음식은 양도 많고 맛도 보통 이상이었으나, 아이들은 전혀 먹지 못했다. 괜히 내 욕심에 아이들이 고생하는 것 같아 미안했다. 분명 미국에서는 볼이 포동포동했는데 대만에 와서 이틀 만에 그 살이 다 빠졌다. 역시 아이들과 함께하는 여행에서는 숙소에서 밥을 하고 삼겹살을 굽는 게 제일인가 싶었다.

아! 사랑스러웠던 숙소에는 아쉬운 점이 한 가지 더 있었다. 샤워기가 고장 나서 뜨거운 물이 나오지 않았다. 세면대에서 물을 컵으로 떠다 샤워를 했지만 너무 불편해서 결국 호스트에게 연락했다. 호스트가 샤워기를 고쳐 주었지만 떠날 시간이 다 되어 결국 고친 샤워기는 남편만 한 번 사용했다. 그렇게 대만에서 한껏 지친 가족을 이끌고 한국으로 가는 비행기에 올랐다. 두 달의 시간이 마치 꿈처럼 지나갔다.

60일의 지구 여행

대만 타이베이 영수증

2018. 02. 26	타오위안 국제공항 → 중앙역 버스	420대만달러	15,456원
2018. 02. 27	양품우육면	390대만달러	14,352원
	팀호완 딤섬	550대만달러	20,240원
	패밀리마트(차, 커피, 콜라, 물 등)	142대만달러	약 5,226원
	버블 밀크티	50대만달러	1,840원
	까르푸(차, 커피, 젓가락 등)	1,170대만달러	43,056원
	닝샤 야시장(목살 큐브 스테이크, 달걀빈대떡, 새우 딤섬튀김, 파인애플 등)	320대만달러	11,776원
2018. 02. 28	푸홍뉴러우몐 우육탕	240대만달러	8,832원
	패밀리마트(우육탕, 컵라면, 삼각김밥, 불고기김밥 등)	178대만달러	약 6,550원
	삼각김밥	86대만달러	약 3,165원
	초콜릿	35대만달러	1,288원
	중앙역 → 타오위안 국제공항 버스	410대만달러	15,088원
	모스버거	270대만달러	9,936원
사용 경비 합계		4,261대만달러	약 156,805원
숙박비			200,378원
항공권(중화항공)			2,160,722원

Epilogue

영수증을 정리하며

여행을 통해 달라진 인생을 살고 싶어 하는 이들을 많이 봤다. 여행을 떠나기 전, 과연 나에게도 그런 일이 일어날까 싶었다. 여행을 떠나자고 하는 남편의 의견에 동의했지만, 사실 내 머릿속에 가장 먼저 떠오른 건 돈 걱정이었다. 여행 준비를 하면서도 '어디를 갈까?'보다 '얼마나 쓰게 될까?'를 더 고민했다. 내가 세일 싫어하는 일이 돈 쓰는 일이기 때문이었다.

그럼에도 불구하고 지친 남편을 응원하면서 가족 모두 함께하는 즐거운 추억을 남길 수 있으면 충분하다는 생각으로 결심을 굳혔다. 돌이켜 생각해 보니 내가 세계 여행을 떠나기로 마음먹은 것부터 변화의 시작이었다.

2,000만 원이라는 기준을 정해 두고 떠난 우리의 여행은 제법 그럴듯하게 성공했다. 약 1,894만 원의 돈으로 네 명의 가족이 13개국 21개 도시

총 경비

항공권 및 메가버스	914만 1,461원
숙박비	389만 1,524원
사용 경비	약 530만 6,957원
기타	60만 원
합계	약 1,893만 9,942원

60일의 지구 여행

를 거쳐 60일 만에 집으로 돌아왔다. 예상했던 2,000만 원에서 100만 원 넘는 돈이 남기까지 했다. 어떻게 그럴 수 있었을까?

겨울엔 대부분의 여행지가 비수기라 줄을 설 필요도 없고 당연하게도 여름보다 항공권과 숙박비가 저렴했다. 박물관이나 미술관처럼 돈이 들지 않는 곳을 구경하고, 현지인처럼 마트에서 장을 봐서 식사를 해결했다. 사람은 적응의 동물이라고 했던가. 목표가 있으니 그걸 지키기 위해 저절로 노력하게 됐다.

비실비실한 체구의 내가 13kg의 배낭을 메고 아이들을 손을 잡은 채 지구를 한 바퀴 돌아온 것이다. 불과 2년 전까지만 해도 나는 파리의 에펠탑 앞에서 마카롱을 먹게 되리라고 생각하지 못 했다. 영등포가 아닌 뉴욕의 타임스퀘어를 지나다니며 뒤따라 들어오는 뉴요커에게 문을 잡아 주는 일 따위는 상상도 안 해 봤다. 여유가 생긴다면 일본에서 못 가 본 도시를 가 보고, 신칸센 벤토 여행을 해 보고 싶다고 생각했을 뿐이었다. 그런 내가 낙타를 타고 사하라 사막을 건넜다. 남편이 찍은 사진을 볼 때마다 텔레비전과 책 속에서만 보던 그림 같은 풍경 속에 나와 우리 가족이 있었다.

여행을 다녀온 후 나는 몸도 마음도 생각도 튼튼해졌다. 남편을 위해 준비한 여행이 오히려 나에게 큰 영향을 끼친 것이다. 아이들 역시 나처럼 마음과 생각이 한 뼘쯤 성장했다.

주현이는 평소 도전을 좋아하지 않았다. 그런데 세계 여행을 다녀온 후 갑자기 학교에서 토요일에 하는 플로어볼 대회에 나간다고 손을 들었다고 했다. 그 정도로 왜 유난이냐고 할지 모르지만, 주현이는 경쟁을 극도로 싫어해서 시험이나 테스트는 거들떠보지도 않는 아이였다. 엄마의 입장에서는 상상도 못 할 만큼의 변화였다. 심지어 네 번이나 토하면서 힘들게 갔던 사하라 사막에 다시 갈 거라고 해서 우리 부부를 기겁하게 만들었다.

서현이는 남과 비교하면서 부족한 점을 애써 찾는 아이였다. 그런데 여행 후에는 목표를 정하고 그걸 이루는 일에 재미를 느꼈는지, 영어 공부 목표를 정하더니 완수하면 놀이공원에 가겠다고 선언했다. 파리로 디저트 공부를 하러 갈 거라고 말하기도 했다. 지구 반대편의 나라도 바로 옆 동네를 가는 것처럼 거리감 없이 말하게 된 것이다. 실제로 서현이가 파리에 가게 될지는 알 수 없지만 꿈꾸는 걸 이룰 수 있다고 생각하는 게 기뻤다.

남편의 변화는 크지 않았다. 10년 넘게 프리랜서로 일하며 경쟁을 부추기는 분위기에 지쳐 있었던 마음에 환기가 생긴 정도였다. 하지만 여행을 떠나기로 마음먹고 준비하기 시작한 그때부터 남편은 이미 여행에 대한 기대로 두근거리며 일상을 즐기기 시작한 것 같았다. 지겹다고 생각했던 일도 여행을 생각하면 수월하고 즐겁기까지 했다니 말이다. 바빴던 아빠와 60일 동안 한결같이 함께 있는 것만으로 우리 가족은 한층 돈독해졌다.

사실 가장 큰 변화가 생긴 건 이 여행에 가장 기대가 없었던 나였다. 나는 여행을 통해 이렇게 책을 쓰게 됐다. 블로그를 시작하게 되었고, 온라인 기자라는 직책도 갖게 되었다. 그리고 많은 꿈이 생겼다. 가고 싶은 곳과 살아 보고 싶은 도시가 늘어났다. 떠나기로 결심한다면 어디든 갈 수 있다는 걸 알았다. 여행 후 언젠가 서현이가 이런 말을 한 적이 있었다.

"한국은 엄청 넓은 것 같았는데, 세상은 엄청 좁았어."

서현이가 열한 살에 깨달은 걸 나는 서른이 훌쩍 넘은 나이에 비로소 알게 된 것이다.

세계 여행을 꿈꾸거나 계획하는 건 아마 우리 가족만이 아닐 것이다. 누군가의 버킷리스트에서 '세계 일주'라는 항목을 발견하는 일은 어렵지 않을 것이다. 많은 이들이 다양하지만 익숙한 이유로 어딘가로 떠나고 싶어 한다. 어떤 사람들은 그걸 위해 회사에 사직서를 내고, 또 어떤 사람들은 집을 팔거나 전세 자금을 빼기도 한다. 하지만 누구나 과감하게 사직서를 내거나 집을 팔고 떠날 수는 없다. 그런 용기는 쉽게 낼 수 있는 게 아니다. 그래서 우리는 여행이라는 것 자체를 망설이게 된다.

여러 가지 이유로 여행 앞에 망설이는 이들에게 나는 약간의 조언, 혹은 부추김을 전하고 싶다. 기간을 잡고 돈을 모으면 누구나 세계 일주를 할 수 있다. 집을 팔거나 전세 자금을 빼고, 학교를 쉬거나 직장을 그만둘 필요도 없다. 잠시 떠났다가 다시 제자리로 돌아오면 된다. 제자리에 돌아와서 다시 일상을, 혹은 변화를 준비하면 된다.

나는 열정이 넘치는 사람이 아니었다. 열정 담당은 남편이었고 나는 남편을 보좌하는 일이 더 적성에 맞는다고 생각했다. 그런데 여행을 준비하면서 달라지기 시작했다. 정보를 찾고 짐을 꾸리고 여행을 떠나고 세계를 돌아다니면서 원하면 길을 찾을 수 있다는 걸 깨달았다. 세계 여행을 다녀오지 않았다면 이런 생각은 하지 못했을 것이다.

여행 후 영수증을 정리하며 나는 남은 100만 원으로 집을 새롭게 단장했다. 그리고 또다시 다음 여행을 상상하고 새로운 꿈을 꾸기 시작했다.

2019년 5월, 곽명숙

아이들과 떠나는
최소 비용 세계 여행 프로젝트

60일의 지구 여행

초판 1쇄 인쇄 2019년 5월 20일
초판 1쇄 발행 2019년 5월 25일

지은이 곽명숙

펴낸이 김연홍
펴낸곳 아라크네

등 록 1999년 10월 12일 제2-2945호
주 소 서울시 마포구 성미산로 187 아라크네빌딩 5층(연남동)
전 화 02 334 3887   **팩 스** 02 334 2068

ISBN 979-11-5774-633-0 03810